读者文摘精华·感恩卷

杨 晖 编著

北京工业大学出版社

图书在版编目（CIP）数据

读者文摘精华·感恩卷 / 杨晖主编. —北京：北京工业大学出版社，2014.1（2021.5 重印）
ISBN 978 - 7 - 5639 - 3703 - 5

Ⅰ. ①读… Ⅱ. ①杨… Ⅲ. ①文摘 - 世界 Ⅳ.
①Z89

中国版本图书馆 CIP 数据核字（2013）第 263707 号

读者文摘精华·感恩卷

主　　编：杨　晖
责任编辑：石嬿飞
封面设计：新纪元工作室
出版发行：北京工业大学出版社
　　　　　（北京市朝阳区平乐园 100 号　100124）
　　　　　010 - 67391722（传真）　bgdcbs@sina.com
出 版 人：郝　勇
经销单位：全国各地新华书店
承印单位：天津海德伟业印务有限公司
开　　本：700 mm×1000 mm　1/16
印　　张：11.5
字　　数：226 千字
版　　次：2014 年 1 月第 1 版
印　　次：2021 年 5 月第 2 次印刷
标准书号：ISBN 978 - 7 - 5639 - 3703 - 5
定　　价：28.00 元

在人生的旅途中，最糟糕的境遇往往不是贫困，不是厄运，而是精神和心境处于一种无知无觉的疲惫状态。

生命，需要鼓舞与希望；心灵，需要温暖与滋润。幸福并非来自物质的充盈，而是一种用奉献牺牲为代价所获取的愉悦和满足感。

畅销全球的《读者文摘》创始人华莱士曾说过："只有人性的东西才能征服人心，即使在一个物欲横流的社会里，人们还是会敬畏些什么，那就是看似简单朴素的真、善、美。是真、善、美在拯救和平衡人的内心。"

本书精选多个具有感染力的故事，这些故事汇集了生活中最鲜活的点滴，展现了世人追求未来的希望和勇气，它们打动过亿万读者的心灵。

通过阅读本书，你将会活得激情满怀，爱得深沉博大，你会更加自信地去追逐内心的憧憬与梦想。当感到痛苦、惶惑和失落时，你将得到慰藉；在遭到打击、挫折时，你将得到力量和智慧。

毫无疑问，本书会成为你的终生益友！

前言

生活是一杯水，要靠自己慢慢去品味。

每个人成长的环境不同，也就造就了他们不同的个性。

但是无论我们曾经经历过多大的痛苦和磨难，遭受过多么难以平复的创伤，都不要心存怨恨。因为怨恨可以蒙蔽我们的眼睛，让自己陷入痛苦的深渊而无法自拔，甚至无法正常的判断人性的真伪，无法感受生活中的美好。怨恨是一枚毒药，不光让自己失去快乐和幸福，也会给身边的亲人带来不幸和困扰。

学会满足，学会感恩，生活就会幸福。生活只是那一杯水，要靠自己慢慢去品味，用心欣赏，你就会发现，原来最幸福的生活，就是在那如水的平淡中活出精彩。

人生充满曲折和艰辛，不如意者甚多。如果我们只会心存不满和怨恨，只能害人害己。路是自己走出来的，上天不会平白无故的掉馅饼！与其在那里怨天恨地，让时光白白的流失，为什么不行动起来，去追求自己的快乐和幸福呢？学会原谅，用大度的心去感恩生活。当我们牢骚满腹时，就会对很多事都抱怨不停，我们就看不到生活中的美好，而我们生命里的喜乐也会慢慢地消耗殆尽。

生命是如此短暂，我们为什么还要浪费那么多时间呢？让我们做一个心怀感恩的人，有一颗感恩的心，学会知足，用自己的快乐去影响别人、帮助他人吧，那样也是我们对自己生命的另一种祝福。

让心变得祥和，用微笑去面对生活，用眼睛去发现一切美好的东西吧。心存美好的憧憬，我们才会让生命充满勇气和希望。

让我们学会感恩吧！用感恩的心去感受世间的美好和善良。当我们的心中被美好的事物一点一点地充满，我们心中的怨恨也就不再生存和繁衍了。幸福和快乐也就永远与我们相伴了！

目录

第一辑 / 回归如梦的家园

家是一盏明灯，可以照亮夜行人晚归的路程。

家是一个温馨的港湾，可以遮挡人生中不可避免的风风雨雨。

家的一份牵挂，蕴涵着一股温暖，家的一丝温柔，隐藏着一份宁静，家的一份体贴，表达着一丝情谊，家是人生最美的拥有。

第二辑 / 世界上最伟大的爱

有一种爱，伟大而平凡，如润物春雨，似拂面和风；有一份情，无私而博大，绵绵不断，情谊深长。这就是母爱，永远都是不求回报，无私的付出。

第三辑 / 有一种爱润物无声

父爱和母爱同样伟大,只不过它比母爱更含蓄,更深沉,甚至不易察觉,但它却渗入生活的点点滴滴。

第四辑 / 血浓于水,命脉相连

对于每个人而言,最亲的人除了爸爸、妈妈、爷爷、奶奶以外,就是兄弟姐妹了,我们一起享用着爸爸妈妈及长辈的爱,一起长大,一起经历生活带给我们家的酸甜苦辣……我们曾经经历过太多太多,或者说我们有太多的曾经了,我们之间有着千丝万缕的联系,剪不断也理不清。

第五辑 / 重返爱情之路

有一种爱,会在不经意间刻骨;有一种相遇,会在天意安排下完成;有一个人,会让另一个人与幸福相随。感恩那种刻骨的爱情,它让人懂得了爱情的宝贵,同时也清楚了爱情的甜蜜。

第一辑 / 回归如梦的家园

家是一盏明灯，可以照亮夜行人晚归的路程。

家是一个温馨的港湾，可以遮挡人生中不可避免的风风雨雨。

家的一份牵挂，蕴涵着一股温暖，家的一丝温柔，隐藏着一份宁静，家的一份体贴，表达着一丝情谊，家是人生最美的拥有。

街　灯

街灯,守着一个古老而美丽的信约,在傍晚时分,齐齐亮起,为疲态毕露而委琐不堪的街道带来璀璨亮丽的新貌。

小的时候,住在金殿路一幢公寓里,公寓位于一条长长的斜坡上。

放学时,背着大大的书包,眼巴巴地看着永远挤满着人的公共汽车一辆一辆地开走,心焦焦地看着灰沉沉的暮色一点一点向自己聚拢。

终于挤上车子时,到处都是灰蒙蒙的。从斜坡下边的车站慢慢地朝家门口走去时,整个人好似一尾不小心落进一缸浊水的鱼,在那明明熟悉但看似陌生的环境里兀自作窝囊的挣扎,迈出去的步子,迟缓笨重。街灯就在这时"霍"地亮了起来,使得原本褪了色的街景,在电光石火之间,重新披上了七彩的华裳,沐上了熠熠的油彩。仰头上望,那一座以红砖砌成的公寓,浴在初上的华灯里,有一种属于童话的美丽。酸累的双腿,忽然来了劲道,连跑带跳的,不一会儿,便抵达家门了。好似是从那时起,便爱上了盏盏瘦高个儿的街灯。

童年时代,父母亲细心织成的那一张网,是小鱼儿的安乐窝。然而,日日成长的小鱼儿,老想挣脱那张束缚网,在辽阔的海洋里另外寻觅一个属于自己的新天地、新世界。

在缤纷的约会里,我开始了迟归的日子。

有一千零一个迟归的好理由,而每回迟归,街灯,总是不累不倦地立在家门外,温柔地俯视,忠实地守护。奇怪的是不论回家多迟,屋子里总是亮着灯,灯下,也总有两个鬓发初白的人,默默无言地等着乐不思蜀的孩子。在那种年轻得眼中只有自己、没有旁人的日子里,总幼稚地以为"倚门盼儿归"是父母应尽的天职,就像是"傍晚一到,街灯必亮"一样的天经地义。

在许多个旖旎的约会之后,披上了婚纱。

婚后,有好几年的时间,我是奔波于采访线上的"无冕皇帝"。采访工作没有固定的时间,许多星光灿烂的夜晚,当人人在家安享天伦之乐时,我还在外头为工作而奔波。

夜深,一整排街灯无怨无悔地为我照亮归家的道路,看到自己沉沉的拖在地上的那瘦瘦的影子,心头总难以自抑地掠过一抹淡淡的凄凉。

不喜欢这种"众人皆睡我独醒"的感觉,而这在几年之后也成了我离开报界的一个理由。

现在,我以爱为绳索,为我的"小鱼儿"编织美丽安全的网,让他们在网里安心地成长。鱼儿渐渐长大,开始把头探向网外的世界。

一日,初上中学的长子外出访友,傍晚已过,街灯已亮,而他,人影不见。我在屋里,坐立不安。几次探头屋外,看到的仅仅只是街灯无力地投在地上的几圈晕黄。感觉上好似等了一个世纪,才在万籁俱寂的宁静里听到脚踏车那细细碎碎的声音隐隐约约地由远而近。拉开大门,骑着脚踏车的,正是在心里千呼万唤的孩子。马路上那两排街灯,好似庄严的守护神,以亮光铺出一地的金黄,脚踏车的轮子压在上面,也染成了亮晃晃的金色。

进了家门,孩子黧黑的脸上,还恋恋地残留着刚才与朋友欢聚的愉悦,对于母亲脸上的那一份焦灼,他视而不见。

我站在厅里,目送他钻进房间内的身影,忽然想到:天下的父母亲,不正像是一盏一盏任劳任怨的街灯吗?一生一世,亮着自己,照着孩子,鞠躬尽瘁,永不言悔!

心灵感悟

天下的父母亲,不正像是一盏一盏任劳任怨的街灯吗?一生一世,亮着自己,照着孩子,鞠躬尽瘁,永不言悔!

寻 儿 记

从儿子大学毕业那天起,他们就失去了他的音信。

他们对此一点思想准备都没有,以前他可是一直在他们的掌控之中的。小学时代,每天都由母亲接送。到五六年级他说自己长大了,可以单独走了,母亲说车多危险,还是坚持送他穿过马路,目送他走进校门。

初中离家有点远了,他开始骑自行车,父亲每天陪他骑到学校,再去上班。他考上了寄宿的重点高中,这时家里已经买了小汽车,自然周末父亲会开着车去接他回来。

他考上了上海的一所高校,离自己家所在城市只有一个小时车程,父母每周都开车去看望他,给他带去好吃的,为他洗衣服整理宿舍。毕业实习离学校远,他在单位附近租了房子,恰好母亲已经提前退休,干脆搬过去照顾他的起居,相处从来都是和谐的。

可是等他毕业时,却突然没有了任何音信。学校找不到人,手机号码也换了,出租屋内人去楼空。父母疯了一样地找他,问同学,同学不知;问老师,老师不晓;问实习单位,实习单位莫名其妙。他们有不祥的感觉,觉得他一定是出事了。

正准备到公安局去报案时,他们接到他同学的电话,说发现他在网上的踪迹了,他正和人聊天呢。他们欣喜若狂,问来了他的 QQ 号,此前他们从未上网聊过天,向邻居家的孩子请教了半天,才上网去招呼他。

他发现了他们,飞速逃离,那个号码从此作废,人又石沉大海了。

原来他没有出事,只是躲着自己。父母不禁恼怒:养你这么大,翅膀刚刚长硬,就不认爹妈了。一冲动,就去找媒体。

媒体觉得这是个值得关注的问题,关系到中华传统美德的兴衰。不说孝顺,不说报答,父母如此苦苦寻觅,总得给个音信吧,要知道他们有多着急吗?

媒体的小年轻都是网络高手,很快找到了他的网上行踪。没多久,一个年轻女记者与他在网上打得火热,互传了照片,甚至准备见面。

对于他来说,这其实是一个圈套,真正想与他见面的是他的父母。见面那天,两个城市(儿子与父母所在城市)的报社、电视台记者来了不少人,假装网友的女记者在车站捧着一束花等他,而照相机和摄像机都躲在了一旁。

他现身了,面对镜头,面对诘问,他倒很镇静,只说了一句:从小到大,我都逃不出他们的天罗地网,包括此时此刻。

心灵感悟

从小到大,谁都逃不出父母的天罗地网。

第一封家书

从小到大，我写过很多信。但没有哪一封，像第一封家书那样令我刻骨铭心。那是我生平第一次学写信，而且信是我与兄妹三人的智慧结晶，收信人是每日里打照面的父亲。其实，我完全可以把信的内容当面跟父亲说，但我还是选择了写信。

一

父亲和母亲因为性格不合，从我们懂事开始，家里的吵声就没有断过。一天深夜，我们又一次被父母的吵声惊醒了。父亲的大嗓门几乎满院子人都听得见："既然合不来，那就好说好散吧，老大归我，你带着老二和老三明天就离开这个家，永远不要回来！"随后是母亲哭着收拾行李的声音，天还没亮，我和小妹就被叫醒了。第二天起，我们正式在母亲单位的一间小阁楼里落户了。那一年，我刚满 10 岁，正在上小学四年级。

父母分家的日子，我们是在单调、枯燥和惶恐中度过的。每天放学回家，我与小妹坐在圆桌上写作业，不时张目对望，眼神里那种对大哥和父亲的思念，尽在不言中。一天过去了，两天过去了……两个月后，望着母亲还没有一点儿与父亲重归于好的迹象，逐渐懂得察言观色的小妹也开始担心了："二哥，妈妈这次是不是真的要和爸爸离婚？""是呀，以前他们分开，每次都不超过一个星期的，这一次……""那怎么办呢？我想爸爸，我想大哥。""光想有什么用，我们还是行动起来去看看他们吧。"

小妹与我说干就干，每天放学后的第一件事，就是找机会先到大哥的址去看他，同时打听父亲的最新情况。其实，大哥更想我们。父母在同一个城市工作，居所相距不远，要见面是很容易的事。尽管分居之后，母亲严禁我们再去父亲那里串门，包括和大哥见面，但后来，每到星期天，不是我们找借口想法打破"禁令"，就是大哥"偷越雷池"跑过来跟我们"幽会"。

由于最初的"大本营"设在父亲处，分家的时候，许多生活用品来不及拿，包括我们的小人书箱。我与小妹都是小人书迷，离开了那些书，仿佛像掉了魂。大哥得知这一信息后,马上表态:"那些书反正我都看了,每次来看你们时捎几本,过不了多久就全部给你们搬过来。"第一个星期天,捎过来的是一套当时很流行的日本电视剧《排球女将》。第6期封面上,小鹿纯子一家破镜重圆的画面勾起了我对家事的伤感,当小妹读到纯子整天着爸爸问妈妈的情景时,泪水马上下来了。

"哥,咱们给爸爸写一封信吧。你看,纯子多聪明,用一封信感动了爸爸向妈妈认错,一家人又破镜重圆了。"小妹一下子冒出这样一个想法。我觉得这个主意不错,当即跟大哥合计,大哥也连声称妙。接下来,我们将那个故事认真地看了好几遍,一致认为:纯子之所以能打动倔强的爸爸,就是信的末尾有这样一句话:"爸爸,向着明天,迈出勇敢的一步吧。"

我将那句话毫无保留地"克隆"了下来,从头到尾模仿纯子的口气炮制了一封信。从这两个月来对父亲和大哥的思念写起,一直写到母亲带着我与小妹含辛茹苦的生活,以及我们的成绩下降,与大哥"暗度陈仓"幽会的酸楚和无奈。信写好后,我先念给大哥和小妹听,边读边改,直到改到泪花模糊了我们三个人的眼眶,才由大哥捎给父亲。

二

我至今记得,信发出的第二天,是我们幼小的心灵中最为忐忑不安、最为漫长的一天。

到了那天的下午,大哥赶到我的班上,给我打了一个手势,我知道有戏。果不其然,大哥说父亲看了那封信,指定要我晚上过去谈谈。我就跟小妹串通,撒谎说老师要给我补课,让她先回家告诉母亲。放学后我与大哥快马加鞭,赶到那个熟悉的院子时,父亲已早早赶到门口等我了。瑟瑟的寒风中,表情复杂的父亲,显得憔悴、疲惫,看得出分居的这段时间他过得也不顺心。按父亲以往的火爆性格,我已做好了洗耳恭听他大发雷霆的准备。但父亲见了我的第一句话,不是批评,而是少见的表扬:"那封信是你执笔的吗?写得真好,爸爸看了很感动。"

我鼻子一酸:"爸爸,您去劝劝妈妈,咱们一块过吧。我们好想您、好想大哥啊!"

父亲的眼圈也红了:"爸爸也想你们啊。我和你妈妈,主要是婚前缺乏了解,我脾气大,她气量又小,所以经常闹矛盾。其实每一回吵过之后我就后悔:为什么不能让着她一点儿呢?就说这一次的矛盾吧,其实也没什么大不了的,就因为我自作主张,用奖金给你奶奶添置了一件寿衣,没有经过她的同意。"

到这个时候,我才知道外表刚强的父亲其实内心也很脆弱。因为母亲一直认为在奶奶与外婆两位老人之间,父亲做事过于偏心,而父亲始终认为自己是奶奶一手拉扯大的,谁跟奶奶较劲就是对他的不敬。为此两人多次讨价还价,争来吵去,这在一个孝子父亲眼里,实在是无法容忍的事。

见父亲一脸犹豫的模样,我心里一动:"其实,这次妈妈跟您吵后也很后悔,她一直在等您给她一次解释的机会。今晚我能够请假过来,还是经过她的允许呢。"说这句谎言时,正遇上父亲殷切的目光,我顿感底气不足,汗水顺着额角直流下来。

父亲爱怜地为我擦去汗珠,就那么一脸深情地望着我。我就那么无语地望着父亲,父亲老了,皱纹多了,鬓发白了,但更显得慈祥。良久,父亲用他难得的笑打破僵局:"我很高兴,儿子,你终于长大了。爸爸答应你,这个星期天,就和大哥去接你们!"

那一刻,我感觉父亲已不再将我看作是他的儿子,而是把我当成了一位挚友、一位知己,他用慈爱的眼神跟我作一种无声胜有声的交流,又似在倾诉一段鲜为人知的往事,他已从倾诉中得到最舒心的解脱。他的手心,一直紧紧地攥着那封信,而那封信肯定被看过许多遍,纸角已被摸得有些泛黄。父亲的眼神里,似乎一直有我们的声音在响:"……爸爸,亮出您的胸怀,向着明天,迈出勇敢的一步吧。"

三

星期天一大早,母亲蜗居的小杂房前,出现了父亲和大哥的身影。

母亲显然还未从伤心的往事中反应过来。一见这阵势,当即就找了个借口走开了。父亲望了我和大哥一眼,当即交给我们一元钱:"你们俩学着到市场去买一斤肉和小菜来,中午爸爸要在这儿吃饭。"这天中午,我们兄妹仨又品到了父亲出色的烹调手艺,但遍插茱萸少一人,饭桌边,母亲没有回来,气氛非常沉闷。一直到晚上,也不见母亲的任何音信。父亲辅导我们做完作业后就在小阁楼里睡下了,到了第二天早上,还是没有看见母亲的身影。

父亲见情形不对,就拉着我们的手四处去找。先是从单位,再是到亲戚,最后终于在邻单位的奉姨处找着了"避难"的母亲。父亲没有开口,而是向我们努努嘴,使了一个眼色,我们开始按预定计划,将母亲围了个严实。

我说:"妈,爸来向您认错了,我们一起来接您回家!"

小妹说:"爸爸做的菜真好吃!我要爸爸!我要大哥!"

大哥说:"我要和弟弟、妹妹在一起!妈妈,我想你!"

可以想象,父亲制造的那一颗催泪弹的巨大威力。在我们的声泪俱下中,奉姨一家子也感动了,纷纷加入了和事佬的行列,母亲的铁石心肠在泪雨纷飞中当场就软得一塌糊涂。

直到很久以后,我才感觉到了父爱那种博大的包容。父亲从一开始就听出我那句母亲后悔的话纯属谎言,因为他太了解母亲了,知道她是个不肯轻易低头认输的人,更何况在那个动气的节骨眼儿上,委托我去道歉,几乎是不可能的事。但父亲还是接受了一切。母亲后来问他:"既然你听出来是谎言,为什么还要相信呢?"父亲说:"我没有相信谎言,但我相信孩子们的爱。"

许多家庭悲喜剧的发生其实都是戏剧性的,是可以逆转的,其间的前提,有时就是一封信、一句善意的谎言那样简单。和友情一样,亲人之间也需要交心与沟通。这种沟通是不拘身份、不拘年龄,跨越时空的。当一方矛盾出现的时候,饱含了血缘的亲人之爱便是最好的调节剂。很多时候,是我们对这种调节剂视而不见,乃至让一个幸福的家一步一步走向崩溃和解体。

那封被父亲握得发黄的家书和那本连环画被我珍藏在书柜里,直到今天。我永远不会忘记是它帮助这个家,迈出了走向明天的第一步,也使我的人生完成了走向成熟的第一步。

心灵感悟

许多家庭悲喜剧的发生其实都是戏剧性的,是可以逆转的,其间的前提,有时就是一封信、一句善意的谎言那样简单。

亲情的力量

美国大兵在赴伊前线前和自己的妻子、儿女拥抱。电视中播放了登机前半个小时的画面。那个全副武装的士兵拥着妻子,迷茫的眼中有泪。

那个画面就一直留于脑中,很少见过侵略者的眼泪。

在美伊开战的二十多天中,全世界都看到了伊拉克人的顽强,美国武器的强大和不可抗拒,美国兵的胆小怕死。

但,我喜欢这样的"怕死"。

做客央视的军事专家说,美国人的自我感觉太好,他们总是认为自己的命很值钱。

我不想从战争和军人的角度去分析美国士兵的怕死,从自己的情感去揣测,这样的怕死理所当然。

从良知上说,他们是侵略者;从个人来说,他们是无辜者;从家庭来说,他们是丈夫和父亲,他们的身后是浓浓的亲情之爱。这一切,如何让他们不怕死?

他们的命真的很值钱,因为他们身后有爱。

多年前的一部电影《高山下的花环》中,有个叫靳开来的人,他在为战友砍甘蔗回来时不幸触雷身亡,在他的身上,战友发现了一张全家福。

这个画面就一直被我记忆下来。我总是在想,靳开来在灵魂离去的时候,他想的是什么?

我想不该是战争、祖国这样的词汇,而应该是妻子和那个虎头虎脑的儿子。每念及此,我就为靳开来欣慰。

上个世纪末,一位二战士兵在太平洋的一座孤岛上被人发现,他在岛上生活了53年。53年前,他的战舰被日本战舰击沉,他只身一人游到这座孤岛上,开始了"原始人"的生活。

回国后的老兵已经丧失了语言能力,他带回来的东西只有一张发黄的照片,照片上有他的妻子和女儿。他唯一能说的几个单词就是女儿和妻子的名字。

53年的"原始"生活,应该有许多种死法,但是那张照片却没让他死去。

亲情是一种力量,是一种要比爱情更持久、更内敛而热烈的力量。

心灵感悟

亲情是一种力量,是一种要比爱情更持久、更内敛而热烈的力量。

玛菲尔的秘密

　　四年来,天真的玛菲尔一直十分相信:父亲一直没有回家的原因,是他在宾州经营着一家大型采煤厂,忙得脱不开身。当玛菲尔和两个弟弟想念父亲的时候,母亲就安慰他们:"采煤厂通常要经营四年才能稳定,到那时父亲就能回来看你们了!"

　　然而,在圣诞节即将到来时,也就是父亲离家四年许诺回家的时刻,玛菲尔却忽然得知,原来父亲在宾州经营采煤场是一个残酷的谎言。那天,同桌比索问玛菲尔想得到什么圣诞礼物,一心牵挂着父亲的玛菲尔说:"希望父亲开着鲜红的跑车回来看我们!"比索在听了她的愿望后,睁大眼睛问:"什么? 你父亲刑满释放还可以从监狱里开一部跑车回来?"

　　比索的问题让11岁的玛菲尔觉得如遭雷击,泪水飞快地布满了刚刚还阳光绚烂的脸庞,她对比索低吼道:"你不能侮辱我的父亲! 他在宾州拥有采煤场。"比索白了她一眼说:"不相信的话你去问卡伊、爱娃或你母亲,谁都知道你父亲在蹲监狱!"玛菲尔抓起书包狂奔出教室。她要把母亲拉来向比索证实:世上没有比父亲更正直的男人,他怎么可能蹲监狱呢?

　　玛菲尔在很远的地方就看到花园长凳上熟悉的背影,母亲肯定是太累了,又在长凳上打起盹了。四年来,她一个人抚养着三个孩子,这时候也一定和自己一样想念父亲吧? 玛菲尔把脚步放慢了,轻轻绕到母亲面前。她睡着了,唇角带着漂亮的微笑,但眼角有浅浅的泪痕。

　　在玛菲尔刚要给母亲盖上毛毯的时候,突然发现她怀里搁着一个浅灰色信封。"宾州第七十一监狱托比斯",再熟悉不过的字体,却来自这样残酷的地方。毛毯从玛菲尔手中轻轻滑落,她几乎要哭出声来。望着仍然睡得安稳的母亲,玛菲尔强忍着将要流下的泪水,轻轻拾起地上的毯子,踮着脚尖离开了花园。

　　背起书包后,玛菲尔掩上铁门,回头看看玫瑰怒放的花园里,孤独憔悴、泪痕满面的母亲睡得那么安稳,这个11岁的小女孩突然减少了几分对父亲的鄙视。善良的父母肯定是想用这种方式,为他们撑起一片干净善良的爱的天空。

　　玛菲尔向比索道歉,并求他:"千万不要告诉我弟弟,也请相信我的父亲回到赛维克立镇时,只会把善良和真诚带给人们。"听到玛菲尔的话,比索非常羞愧,他说:"如果你父亲回来的时候需要一辆跑车,我想我父亲可能会借给他。"比索的父亲埃德华先生,在赛维克立镇开着一家大型汽车租赁公司。

玛菲尔是家里的老大,见到母亲为了让孩子们快乐无忧地成长,付出了所有,她明白自己有责任替妈妈分担,玛菲尔不希望生活因为这个秘密而被改变。周日晚上,她仍然和两个弟弟蜷在沙发里,认真幸福地听母亲念父亲从"宾州比斯采煤场"的来信,信里仍然描述让全家人引以为豪的采煤场:曲折蜿蜒煤矿丰富的山脉,脸庞黝黑的戴着大大的探照灯的采煤工人,每天早上 5 点就起床到处奔波的父亲……这些不曾看见却已经十分亲切熟悉的场景,是一个没有父亲的四口之家最温柔庄重的挂牵。

也就是从那以后,玛菲尔开始为迎接父亲做起了准备。以前不怎么做家务的她,现在居然开始学做烤面包了;为了以父亲的名义给家人准备礼物,玛菲尔还恳求邻居考伯太太让她帮忙摘苹果;同时她还动员弟弟亲手为爸爸做贺卡。她想,不知道比索的父亲埃德华会不会将跑车借给一位刑满释放的人员,但她决定尝试一下。玛菲尔带着父亲以前未发表的文章和赛车时曾得到的奖章,去了埃德华先生的公司。这个姑娘大胆的提议让埃德华先生很吃惊,同时他也被她的孝心感动。他问玛菲尔:"要是你爸爸骗走了我的车怎么办?"坚强的姑娘咬着嘴唇,没让眼泪流下来:"我发誓他不会这样做的,父亲即使再坏也绝不会玷污女儿的尊严。"

奇迹出现了,埃德华先生真的应允了玛菲尔,他会派人在一个月后开着红色跑车到宾州第七十一号监狱门口迎接他的父亲。玛菲尔走后,埃德华到有关部门询问了玛菲尔父亲托比斯的有关情况。让他满意的是:托比斯是受部门主管的牵连而犯的贪污罪,这个狱中男人才华出众,而且曾获过许多项赛车冠军。为了让玛菲尔的梦想可以延伸得更深远,埃德华决定亲自去接托比斯。

那个晴朗温暖的早晨,当憔悴苍老的托比斯走出监狱大门的时候,早已等候在那里的埃德华迎面走过去说:"托比斯先生,欢迎你回家!很多人都跟我说,你是赛维克立镇最棒的司机,为了请你给我当司机,我等了四年。"托比斯疑惑地问:"为何你会相信一个刚出狱的犯人?"埃德华笑着回答:"因为我和你都是父亲。"

到达赛维克立镇后,埃德华把方向盘交给了托比斯:"以后这车就由你掌握,车子里有 4 份礼物,回家和孩子们亲热完后来上班。"像坠入梦中一样的托比斯拉开车门,后座上有 4 个盒子,包装精美,还有崭新的西装和领带。他当然不可能想到这些其实是女儿玛菲尔的"杰作"。在他心里,他对宽厚善良的埃德华充满了感激。

妻儿早就等在门口,妻子在铁栅栏上用玫瑰花拼成了"欢迎回家",两个小儿子朝跑车欢呼着狂奔过来,玛菲尔微笑着流泪地看着父亲,4 年不见,她看起来文静懂事了许多。

一对善良父母苦心编织的谎言,最终还是被他们小心呵护着没被孩子们揭穿。要是玛菲尔的父母某天知道,除善良的埃德华先生大义成全之外,还有 11 岁的女儿和他们一样一起以更宽容执着的决心来保护和捍卫爱,他们该会有一种怎样的感动……

心灵感悟

爱,让家庭变得温暖;宽容,让家庭里的每个成员相互支持,一起走向美好的明天。

半毛钱的故事

他曾是那所重点高中里最穷的一名学生,他也曾是那所高中里最富有的一位学生。

他不知道他的亲生父母是谁,他甚至很少想这件事。不知因为什么原因,他们把他扔在了乡医院走廊里的那条破旧的长条椅上,便扬长而去了。他甚至不知道,他柔润的小脸曾经有没有被他的母亲亲过。

那对好心的中年夫妇,丈夫发烧,被妻子搀扶着来到医院,然后发现了他。他们是那么惊喜,因为尽管已经五十多岁了,可是他们从来没有过自己的孩子,他们喜欢这世上所有的孩子,包括眼前这个裹在小小的棉布里哭个不停的婴儿。

他们像抱起这世上最珍贵的宝贝一样,他们欣喜地看见他多皱的小脸上泪光盈盈,那一刻,他们的心被他的盈盈泪光所击中,他们感觉这就是他们盼了一辈子的那个孩子。

他不是一个无人认领的孩子啊,他从出生的第二天,便有了独属于他的幸福。

然而他们很穷。

丈夫和妻子都体弱多病,勉强下地干活。他们倾尽所有的爱呵护着他长大。

尽管在这个家庭里面,他从来没有穿过一件像样的新衣服,可是他不在乎,因为他的父母和他一样,他们抚爱的目光望着他的时候,让他感觉他的身上像是穿了这世上最华美的衣服。他从来没有吃过一餐像样的饭,甚至在别人家里面包着整个牛肉丸水饺的时候,他们的年夜饭里只是多了几滴香油。可是他从来没有为此而难过过,他知道,这个家里的每一碗粥、每一块馍都是他的父母用爱心煮就蒸就的。他们一起对望着吃的时候,满意而细心地咀嚼着每一口食物,他的心里面都是柔软的幸福与疼痛。

那一年,他 16 岁,他毫不费力地考上了县城的这所重点高中。

因为营养不良,他的个子很矮,他经常穿着不合体的衣服,在这个已经开始出现繁华迹象的县城出没。他不是这个班里最用功的学生,但他是这个班里成绩最好的学生。或者说他是这所中学里有着最凄惨命运的一个,但他不是这个学校里面最忧郁的学生。他经常微笑着,看着一朵朵鲜花一样的女孩子红润而天真的脸颊。他还经常很坦然地从食堂的窗口递过掉了好多瓷的饭盆,买回一两粥。他每天就着咸菜,喝一点粥或者吃上一个馒头。

宿舍里的哥儿们经常搜寻一些不穿的衣服给他,他微笑着拿过来便穿。农忙的时候,他总要回家,宿舍里的人也抽空帮他,去割麦子,去种玉米,去收玉米……他毫不介意地让他们进自己破旧的家门,这是他的家,在他的家里面,他不会觉得有丝毫的寒酸和尴尬。尽管他感谢他们的方式最多只是几根冰棍,更多的时候,只是几碗白开水,但他不会觉得羞涩,因为这水是他亲自挑来,亲自煮开的,盛水的碗是他亲自洗的,一切干干净净。

但他拒绝了所有的钱财救助。同学们自发地集资给他,他没有接受。没有人愿意把钱收回去,他就把钱交给班主任,说就做班费吧。

其实有的时候,他已经吃不上饭了,甚至连一个馒头都买不起。这个时候,他去翻自己的口袋,竟然发现了两截一毛的纸币,这正好够买一个馒头。他小心地将它们拼起来,却发现原来不是一张的。

他怔怔地看着它们,研究了一会儿。这个时候,教室的门被推开了。正是吃晚饭的时候,空荡荡的教室里只有他一个人。走进来的是那个瘦高的女孩子,有着一双大而忧郁的眼睛。她走过来的时候,看了他一眼,她没有问他吃了吗,这样的问候对于他,是不合适的。

她只是轻轻地笑着走近他,随手拿起两截纸币,"这哪是你们男孩子干的活儿,看我的吧。"她从口袋里面取出一张完整的一毛钱递给他,"哈哈哈,他们在饭厅等你呢,快去吧! 等过会儿我粘好了,这张就归我了啊,我的劳动成果啊。"

他接过带着女孩子体温的一毛钱,默不作声地走出教室。向外走的时候,他的眼泪第一次涌出来。他挺直身体,一直走着,从座位到门口就那么短的一段路,他觉得像是走了一辈子。

女孩子小心地拿过两张半毛钱,她细细地看着,研究着它们曲折的接口,她没打算要把它们接起来,没有一种可能性是属于这两张钱的,除非是把它们沿着直线重新划开,她不知道她应该把剩余的那些放到何处,另外也会有其他的两半,正等着与它们亲密无间的吻合,她知道撕扯了这些,也等于撕扯了那些。

他并没去吃饭,他的手伸进口袋里面紧紧地握住,他第一次感觉心底里面的痛开始清晰地上浮,他的手背触着那张钱,却没有勇气把手掌摊开,去握住它。

他借了辆车子连夜骑回了家。一路上,他的眼泪不停地流。她也会流泪吗?那么忧郁的眼神,他感觉自己其实已经想了无数遍了。

眼泪风干的时候,他回到了家。昏黄的电灯下,妈妈在给他做一双鞋子。桌子上放着一碗香喷喷的米饭和一碟点了香油的切得细细的咸菜丝。妈妈笑着看着他,对他说:"我就感觉你今天要回来的。这是乡政府刚送来的大米,还有其他东西。他们已经决定每个月救济咱们70元。"

他扬扬头,转身走出门,清凉的夜风拂面而过,今夜是繁星满天。以后无数个繁星的夜晚,他都会在心里面默默地想,我亲爱的半毛钱啊,你现在会在哪里流浪?

心灵感悟

女孩的关心让男孩感动不已,男孩在思念着自己半毛钱的同时,也在思念着女孩。

趁双亲还健在

曾读到过这样一个故事,既让人心酸又让人掩卷沉思:

旧金山的约翰给在纽约工作的儿子戴维打电话。

"我也不想让你感到难受,但是我不得不告诉你这个坏消息——我和你母亲已同意离婚,45年的煎熬我们受够了。"约翰的话音中有一些失落感。

"老天!你在说什么呀?爸爸!"戴维大吃一惊。

接着戴维马上给在芝加哥居住的妹妹打电话:"苏珊,你一定要冷静,听着,爸爸和妈妈想离婚,怎么办?"

"什么?上帝!我们得回去阻止他们!"苏珊在电话那边尖叫。

挂断哥哥的电话后,苏珊立刻拨通了家里的电话,是约翰接的电话。"你们不许离婚!我们明天就到,千万不要冲动!听见没有?"苏珊一口气嚷嚷完就挂了电话。

约翰放下电话后,转身对妻子说道:"好了,他们能回来过感恩节了,但圣诞节我们怎么说?"

为了让儿女们回家过一个感恩节,做父母的竟然要采取如此"欺骗"的伎俩,对于长大了就远走高飞或长期在外工作的儿女来讲,我们该做何感想呢?我们是否忘记了对父母应该有最深的牵挂、最彻底的感恩之心呢?我们是否一次又一次地心存侥幸,反正父母们活得还很好,对他们的感恩不用太着急!

然而,即使我们对父母的感恩来得及,我们是否想过父母们等得及吗?假如有一天,父母们因为终于等不及而撒手而去,我们是否会因为我们的慵懒而充满无尽的懊悔呢?有一位作家就这样忏悔:

我不曾问过自己为什么爱戴并继续爱着我的双亲,尽管他们早就与世长辞。但是,我要说,在他们仙逝之后,我反而对他们爱得更深。这是为什么呢?

直到现在,在我成熟以后,我才真正认识到他们是怎样一些人,他们都为我做了些什么。他们为了我往往不顾自己,甘愿牺牲。

在我父亲卧床不起、病入膏肓时,为了让我去上学,他决定卖掉一块葡萄园和一头公牛——实际上是家里唯一的一头公牛。虽然他本身需要扶持,需要为自己的病痛买些补品,但即使是在这种情况下,他仍然没有为自己着想而是为我操心。他用被子蒙住浮肿的双腿,装出一副健康的样子,舍不得花掉用来看病买药的"保命钱",以这种方式缩短了自己所剩无几的寿命。

他为我卖掉了葡萄园和公牛,我却没有说一声"谢谢"。现在,没有说出口的这声"谢谢"使我越发感到沉重和悲哀,因为我父亲永远也不会听见这句"谢谢"了!

正因为如此,我要对所有那些爸爸妈妈都还活着的人们说:"趁你们的父母都还健在时,去爱他们吧,说出对他们的爱吧! 一定! 这是因为,明天或许就晚了,到那时,那些没有说出口的感激话语、爱的话语将如鲠在喉,使你感到沉重和痛苦,无法解脱!"

如果你们想为父母买些苹果,就赶快出手;如果你们想说声"谢谢",就马上说出口。因为或许再过一刻,你们和你们的双亲,将永远失去快乐。

心灵感悟

如果想为父母买些苹果,就赶快出手;如果想对父母说声"谢谢",就马上说出口。因为或许再过一刻,你们和你们的双亲,将永远失去快乐。

没有翅膀你别飞

一只灰褐色的麻雀从窗前飞过,"倏"的一声,远了。

他斜倚在窗前,看着窗外新芽初绽的梧桐,还有一掠而过的麻雀。他知道,只要轻轻抬一抬腿,他就可以飞出去,像鸟儿那样自由飞翔,所有的痛苦折磨便随之烟消云散。

他真的这么做了,大脑一瞬间的空白,让他迈出了那一步。他以为他会像一只鸟儿那样,但一跨过那个矮矮的窗台,他就发现自己错了。他像一只笨重的熊,直朝地面砸去。

再次睁开眼睛,是在 5 天以后。他听到了一声苍老的呼唤:"献儿,回来。"于是,他回来了。他慢慢地睁开眼睛,看到了一片白,白色墙,白色衣,白色发。

"妈"他想叫一声,但他却叫不出来,一滴眼泪从眼角滚落,滚到一只骨节突出的手上。手像被开水烫了似的,哆嗦了一下,然后急促地抚着他的脸:"献儿,献儿,你可回来了。"

两个月后,他被母亲从医院里用轮椅推了出来,除了大脑还能继续思维,从胳膊往下,他的身体变得软塌塌的,像一把面条。

"妈,让我去死吧,你别管我。"他扭头哀求母亲。

母亲不理他,赌气似的把车推得更快。

回到家,确切说是母亲和父亲的家。他的家早在和妻子离婚后成了一片冰冷的地狱,女儿被妻子带走了,他什么都没有了,选择从楼上飞下去,是他做出的最残酷、最无奈的选择。

父亲拄着拐杖从屋里出来,铁青着脸,一言不发,一只手帮妈妈把他推进一楼的屋里。从家门口到楼外的 4 层台阶已经用水泥砌成了斜坡,防盗门拆了,没有了门槛,他被稳稳地放在窄小的客厅当中。

父亲点燃了一支烟,母亲拿过毛巾不停地在脸上擦。

他突然低下头,把头窝在胸前,脸埋在双手间,呜呜的大哭起来。

以后大概有三个多月的时间,他被父母小心地照顾着,总有一个人寸步不离地在他跟前。父亲和母亲把一张大床和一张小床并在一起,晚上睡觉,他睡在最里边,父亲挨着他,母亲挨着父亲,一旦他有什么动静,父亲就推推母亲。两个人一起起来给他翻身、换尿垫。每当父母花白的头低下来,为他收拾衣裤时,他就感觉有千把万把刀在割他的心一样,他恨不得自己立刻消失,像一缕烟,被风吹散了,不留一丝痕迹。

那天母亲出去买菜,父亲在家陪他,父亲看他情绪比较稳定,就很放心地把他放在客厅,第一次没有推他到卫生间,自己去上厕所了。

他等父亲一进卫生间,就快速转动轮椅,一把拉住卫生间的门,把门扣扣上,然后用一小截铁丝插在扣鼻儿里。任凭父亲在里面怎样叫喊,把那扇薄薄的木门拍得如何响,他也不开门。

他把轮椅摇到厨房,那里有可以让他消失的工具——刀。

他拿起一把刀,放在腕上,喃喃道:"爸,妈,对不起,再不能让你们为我受累了。"然后,对准腕上蜿蜒的青色凸起,割了下去。

感觉不到疼,他露出了一丝微笑。

突然,他的脸上热辣辣地烧了一下!那是父亲的巴掌,实实在在地扇在了他的脸上。父亲像一只被激怒的狮子一样,瞪着他,双手发抖,嘴巴很难看地歪着:"你个孬种!除了死,你还会干什么?"

腕上的血还在滴,父亲一拐一拐地颠进卧室;拿来一根布条,狠狠地把滴血的地方捆住,继续瞪着他。

"养了你几十年。你就这样报答我和你妈吗?媳妇没了,可以重娶,孩子走了,还可以再要回来,你以为你一死就什么都解脱了?你叫我和你妈怎么活?"

这时,母亲回来了。一进家门看到他和父亲对峙的样子,看到他胳膊上缠着的血布条。她扔掉手里的菜,坐在沙发上仰着脸号啕大哭。

他转动轮椅,从父亲身边挤过去,转到母亲跟前,轻声叫:"妈。"母亲没有一点儿反应,仍旧放声大哭。他伸出双手,抱住母亲的脸:"妈,对不起。"

母亲没有理他,突然停住了哭泣,"呼"地站起来,快步走进厨房。等母亲从厨房出来时,他看到母亲手里拿着那把明晃晃的切菜刀,说:"要死是不是?大家一起死,自杀,我也会。"

母亲说完拿着刀毫不犹豫地向自己的胳膊割去,鲜血冒了出来。"妈——"他感到撕心裂肺般的痛,他大喊一声,和父亲同时扑向母亲。

他整个人重重地从轮椅上摔了下去,扑倒在母亲脚下。他此刻才体味到死的痛苦,那是死者留给生者的痛苦,是失去的痛苦。

当又一个春天到来时,12岁的女儿推着他在门前的小花园里散步。春风轻拂,杨柳依依,小鸟在枝头唱着轻快的歌。他慢慢给女儿讲他想飞的过去,想被风吹散的过去,讲从卫生间破门而出的爷爷和号啕大哭的奶奶,他似乎很平静。

他说:"孩子,生命不仅仅属于个人。人根本不能像鸟儿那样,因为没有翅膀,所以不能飞翔。"

心灵感悟

生活中的苦难是短暂的,在面对不幸时,应当用乐观、积极地态度去对待,让自己的生活继续下去。

父母亲的罗曼史

那该是 40 年前的春天吧！母亲穿着租来的白纱礼服，新做的发型像伊丽莎白·泰勒在《豪门怨妇》中的造型，她将嘴唇描得小小的，眼睛画得大大的，以至于在照相中显出大吃一惊的样子——结婚照有时看起来像毕业照，明明扭捏不安，却得庄重自持。迎娶的车队从屏东开往潮州，一向会晕车的母亲，往车窗外掷完扇子，先哭了一阵，然后一路吐到父亲家。一夜未眠的她，眼泪与织物弄脏了心爱的镶珠手套，那手套是她走遍屏东市委托行才买到的。

结婚照片中的父亲，穿着粗条纹西装，梳着七分头，油油亮亮，这一身亮丽的打扮还是难掩他忧郁的气质。那年他 25 岁，长得像詹姆斯·迪恩，爱打网球棒球，常常泡电影院，有一本粉红色的日记簿，上面记载着他的恋史、彷徨，还有几首短诗。他原有个未婚妻，只因八字不合而解除了婚约，那女子是他在球场上的搭档，长得健硕活泼，可惜这段恋史终究成为遗憾。听说在婚前的一夜，父亲在天井里独自抽烟沉思，一直到天亮。

婚姻的开始通常是甜蜜的，的确，哪怕是陌生的男女。婚姻将我们回归男人与女人的一对一关系——刚结婚的父母不知如何称呼彼此，婚前总共才见过几次面，说话不到 20 句。母亲说到这里总抿着嘴说："我总喊他'喂'，要不然就挨近他身旁，直接把话说了。"婚后好几年，父亲才喊母亲"林妹"，母亲则喊父亲"地（那是发语词，也像惊叹号，就暂充名字）。"我总爱问："难道就没有比较浪漫或有点甜蜜的事吗？"母亲又抿着嘴说："就那么一次，我说天凉了，没有大衣穿，其实我也并非那么需要一件大衣，不过有件事可以共同说说也是好的。你爸爸听了我的话默不作声，面上一阵乌一阵暗。过了不久，他把大衣给带回来了，后来才知道那件大衣足足花去他一年的薪水。他那个人，很深意。"婚后一年，大妹降生，刚做爸爸的父亲，对小婴儿充满新奇细腻的感情，他在日记上写着："趴在床上看着小小的婴儿，不相信那是我的孩子，就为这不相信，发呆很久。"父亲的日记大约在大妹满周岁时中断，因为过不久我就降生了。

那时家中人口浩繁,吃饭得敲钟分配食物,20世纪40年代的台湾,人人得了饥饿症,饭量奇大,配给的米又粗又黄,很快就米缸见底,婴儿喝米浆,大多数的人吃番薯丝。父亲每天骑一个多小时的车,沿途都是石子路,到乡下教小学,很快地被石头颠出胃溃疡。生活的压力让人无气可出,父亲越来越沉默,母亲越来越唠叨,他们都来自破碎的家庭,不知道什么叫爱,他们正要开始学习。

婚姻的开始是充满险境的,年轻是致命伤,性别差异是致命伤,不认命更是致命伤。好几次,母亲半路拦下父亲的脚踏车不让他出门,父亲推开她,还是走了,这一走,非到夜深人静不可,他总是躲到电影院里,连看好几场电影,也许是电影看得太多,给大妹取的名字有点洋味,只因迷上艾娃嘉娜,大妹的名字也有个"娜"。

从我懂事开始,母亲就常跟父亲赌气离家出走,"出走"这件事在那时的女人心中,大约带着轰轰烈烈的性质。她不见了,她自由了,她恐慌,她想念、着急、担心,于是她又回来了。这种短暂的抗议带着一点毁灭性也带着一点甜蜜,一直到她发现这种行径无济于事,才不再兴起逃家的念头。

对于这种抗议,父亲通常没有反应,应该说不知如何反应,他自己的母亲曾经为了抗议离家20年之久,他习惯了。因此母亲只有无趣地自动回来。记得有一次在街口玩,看到这几天不见的母亲突然出现,手里拎个包袱,她牵着大妹跟我,给我们一人一个"牛博士"泡泡糖,我那时还觉得挺高兴的,离家出走后总会得到额外的礼物,更加期盼母亲的再一次出走了。

如果在婚姻中,女人要在男人身上寻找浪漫热情,男人要在女人身上寻找温柔体贴,那注定是要失望的。我们常看到的是,女人结婚越久越强悍,男人越来越古板无趣。生了五个孩子之后的母亲,也许觉悟到了这点,因此变得强大起来,她不再离家出走,转而是要重整这个家。那时的台湾也开始变了,人们一面喝美援的牛奶,穿外国救济的衣服,一面盖工厂,开商店,一时之间,家庭中冒出许多时髦的东西,席梦床、咖啡粉、假睫毛、冰激凌、牛油面包……

也许母亲闻到了这股新鲜的气息,她把家里的厢房改成商店,把猪舍夷为平地,柴房扩建为小朋友的房间,于是,一家规模不小的药局开张了,她变成镇内最年轻的药房经理兼药剂师,颇通药理的母亲开拓另一条财源,使我们在20世纪50年代就拥有了第一部电话,第一台电冰箱,第一台电视机,还有许多奢侈的进口衣饰。

在经济上,父亲渐渐变成次要角色,但他也不能不承认母亲的魄力与才干。从那时起,他常常打扫带着钓竿失踪一两天,不过,从海边回来后,他总是边打瞌睡边看店,有时还帮忙进货,打扫打扫卫生,据母亲说,这是她感觉一生中最如意的一段时间。

妻子在经济上、精神上获得独立,不但不会威胁丈夫,反而更容易得到平等的爱——卸除传统家庭压力的父亲,在生活上更为优哉,钓鱼、种花、养狗、打球、练字;而母亲变得更为开朗、自信,更懂得如何打扮自己。她的店里总是高朋满座,时而普通话,时而闽南语,甚至是客家话、山地话,她都能朗朗上口,上至镇长、校长,下至卖豆花、收破铜烂铁的,都是她的好朋友,有人说她更像民众服务站的站长。

三四十岁是婚姻的疲惫期,男人壮志已消却不服气,女人觉得青春不再却不甘寂寞。当我知道有人暗恋着父亲,紧张得像做噩梦,那个女人不漂亮却很年轻、很清纯,她常带我们出去玩,教我们唱歌,在父亲面前却含羞不语。那时年纪尚小的我,抓住一些事实的尾巴加上许多幻想,事情就变得具体真确。每当看到那个女人,我心里既感激又痛恨,感激她了解父亲不为人知的好处,痛恨她故意讨好我们。也许这一切都是幻想,但是千万不要小看一个10岁的女孩,她已足够监视父母。

至于母亲,幼稚的我,认为她好像胖了一些,我追求百分之百的纯美标准,她应该不具危险性,后来我才知道事实并非如此,然而那已是时移事往了。比较罪恶的是,我那时常做母亲亡故或病危的梦,醒来之后哭泣不已,惊悸不已,以至于那几年的心境犹如在坟地里,对母亲的爱如此强烈且凄怆!

据我的监视,父母亲应该没有背叛过对方,一方面是他们的道德观念太强,另一方面是他们的感情越来越好。每当父亲因公出差时,总是带着一两个小孩,每到一个旅社,第一件事便是打电话给母亲,同行的人都笑他带小孩不方便,从那些旅游里,我知道一些已婚男人的"婚外游戏"。常常我们正要入睡时,同行的人来问父亲要不要参加"特别节目",父亲总说:"不行,有小孩在呢!"年幼的我依稀体会到"特别节目"不是什么好事,夜里醒来几度找寻,父亲总是在房里。一直到读大学,孩子们还是喜欢到旅馆去突袭他。后来出国旅游机会渐多,父亲每到一处便给家人发一张明信片,张张都是工整的钢笔字,第一时间寄给母亲。

然而,我总想在父母亲之间找出浪漫美丽的爱情事迹,结果常令人失望。他们跟一般的柴米夫妻并无两样,一闲时静静相对,怒时互打冷战,甚至从来不过结婚纪念日,也很少相偕外出。只是备受母亲呵护的父亲,体态容貌比一般人来得年轻,除此之外,毫无蛛丝马迹。

只有一次,当祖父阖目去世的时候,全家人慌乱悲泣,父亲却避而他去。只见母亲镇静地替祖父梳洗换衣,额上的汗水一滴滴地掉落在地上,等到一切就绪,才见父亲出现,脸上的皱纹加深了许多。第一次我对他感到失望,母亲却淡淡地说:"他心肠太软,怕见死亡,纵使是父亲,也不能克服。我可以替他,我不怕!"这时我才稍微了解,夫妻之间的包容可以到什么程度。

转眼40年过去了,他们两人在面貌、身材、脾气、地位的竞赛渐渐拉成平手。母亲年轻时丰满艳丽,父亲清瘦斯文,中年时母亲70公斤,父亲60公斤,老年时两人体重居然一样,都是60公斤,面貌一般慈祥,脾气一般平和,地位互相制衡,这历程可得花上40年。

当我第一次带我的男友德古到家里做客时,德古与父亲都是木讷的人,两个人却相谈甚欢,母亲在一旁自语:"你不觉得他有点像你爸爸?"看着这两个越看越像的男人,我仿佛穿透三生三世的时空,不由得一阵悲一阵喜,原来所谓的姻缘竟是这样子的!

我原有过独身的打算,也曾发过两个誓:第一是不当老师,第二是不嫁读中文系的本省男人,因为他们最有大男人的嫌疑。没想到拖到三十好几还是攻进围墙,而围墙里的那个男人,居然既是中文系的又是本省籍的。最可笑的是我也辗转曲折地执起教鞭,造化弄人,这些事给我最大的教训是:最好少发誓。

我结婚那一天,母亲拿出她当年出嫁戴的手套,给我套上,手套洁白如新,乳白色的小珠珠,好像是泪水凝结成的,我仿佛看到母亲离家时哭泣的脸容。我问母亲:"您认为爸爸是个怎样的人?"她想了一下说:"他是一个很聪明、很有修养的人。"这不太像是妻子的评语,比较像是老师的评语。我又问:"那您觉得德古是个怎样的人?"她说:"太瘦了! 不过是个好人,你放心去嫁吧!"

母亲为我套上手套,婆婆却送我一大束玫瑰,在婚礼进行中,我比任何一刻都要迷惘——也许婚姻只是这样,明明知道玫瑰有刺,却要去捧它,最好得戴上手套才行。

心灵感悟

家庭生活是由琐碎的柴米油盐组成的,但在看似平淡的生活中,却蕴含着最富浪漫,最感人至深的故事。

有一种欺骗叫作真爱

有个男人下岗后,每天靠蹬三轮车养家糊口,在热闹的路旁等客,他总是用鹰一样的眼神搜寻着顾客。起初,同行们还以为他在积极地抢生意,后来才知道,他只是因为怕遇到乡下的熟人而难为情。

逢到过年过节,这个男人整天不出车,而是溜达大小集贸市场,跟摊贩讨价还价,最终用三轮车驮回米油呀、粉丝呀、花生米……

第一次男人买这些农产品回家,他的妻子很不解地训斥他说:"家中乡下老人刚送来这些,你又买回,放着不怕坏呀!"男人没有理睬妻子的唠叨,只是用以前单位发福利的大米袋装米,尔后缝口,油也用10斤的油壶装满,花生米也是6斤称秤,粉丝也不例外。他的妻子见他这样傻举,更是气急败坏,脱口而出"你有时间在家闲着发神经,还不如出去拉几个客"!面对妻子这样咄咄逼人的话语,他欲怒无言,眼中蓄满了浑浊的泪水。妻子一时感到自己有些过分,心生怜爱,想想男人本来有个不错的单位,突然下岗了,还能吃这样的苦,没日没夜的蹬车挣钱,鼻子一酸,不觉泪也流下来了,从后背抱住男人,请他原谅自己刚才过激的话语。男人转过身,拥着妻子,吞吞吐吐地说出他"傻举"的目的。

原来,男人曾经有工作时,每年过节,单位总发放大米、油、粉丝和花生米,他总跟妻子商量送一半给乡下父母。尽管父母在乡下不稀罕这些,但老人因儿子在城里工作有东西发,自然乐意接收,原因儿子有个好单位自豪。如今,男人下岗了,他不想告诉父母,只是怕他们担心,所以才……

男人的妻子被他的细腻感动了。以后再过节,她总帮着男人做着同样的"傻举"欺骗乡下的两位老人。

这个男人,就是我的大哥。

有个女人和丈夫外出打工,日子过得很清苦。她每天早晨三四点钟去农贸市场买一些蔬菜,尔后到天亮后躲着城管人员在僻背的小巷坐卖。丈夫则在一家建筑工地做苦力。然而逢到过年过节,他们总是穿戴一新,拎着大小礼品回家看望父母,口口声声说自己在外工作清闲,钱比种田好挣得多……可父母从她清瘦的面容上早已洞察一切,因而一次次拒绝了她的礼品和钱。

偶然一次,她的母亲要去城里走一家亲戚,母亲连续去了几个邻居家,才借回一双皮鞋。女人看在眼里,疼在心里。临去打工的路上,她跟丈夫说:"再回家,一定得给妈买双新皮鞋,她这辈子,没穿过皮鞋!"丈夫欣然同意。

临到再回家,皮鞋买到手,她犯难了——一双新皮鞋,母亲肯定拒收,因为她的脸上依然清瘦憔悴,若是母亲真拒收新皮鞋,这鞋怎么处理呢?突然,她眼前恍惚想起城里有人拾垃圾的场景。顿时,她脸上露出了幸福的笑容。

她连忙吩咐丈夫,把新皮鞋褶褶皱皱,自己又捧着尘土往新皮鞋上洒。丈夫一时满脸狐疑。

当他们再去看望父母时,她除了那双满是灰尘的皮鞋,两手空空。

一见父母,她满脸难色,怯生生地说:"妈,这次看你们,我依着你们的意思,真没带什么礼品!不过,我在城里的垃圾堆里捡到一双还不算太旧的皮鞋,正合您脚,就给您带回来了!"

当母亲接过皮鞋,吹了吹皮鞋上的尘土,一边试穿皮鞋,一边惋惜道:"这城里人真够浪费的,好端端的一双鞋就扔了。这下可好了,以后再走城里的亲戚不用借皮鞋了!"正当她和丈夫会意地对笑时,母亲又来了一句:"以后再进城,留意给你爸也捡一双,他长这么大也没穿过皮鞋呢!"

以后,她又如法炮制地带给父亲一双"旧皮鞋"。

这个女人,就是我的姐姐。

有一个小青年,他高中一毕业,就被亲戚介绍到上海的一家船厂打工,船厂开给他的工资有一千多块。然而他仍省吃俭用,每月定时给父母汇钱,原因想早日帮父母盖上三间瓦房,让他们脱离低矮阴湿的茅草房。

谁知,工作不足半年,他被上海光怪陆离的生活一时熏昏了头,变得财迷心窍。一日他偷拿了几个同事的工资卡,取不出来,被人当场擒拿。

一下子,他懵了。接着他被拘留了,亲戚一脸失望地去看他。他低着头,一脸悔恨的泪水,突然,他"扑通"一声跪倒在亲戚面前,哭着请求不要把这件事告诉他父母。亲戚看他还是个孩子,产生怜悯之心。临别,他又请求亲戚,给家人捎口信,就说他被船厂安排到国外学习技术,3年后才能回家。因为此时,他已得知自己被判3年有期徒刑。亲戚答应了他,且还说帮他汇钱给家里修建瓦房,了却他的孝心,只是望他积极改造,争取早日重新做人。

望着亲戚远去的背影,他哭喊一声:"我将来定会加倍偿还你们的汇款!"

入狱后,他果真积极改造,提前一年释放。当然,他那年犯事已被船厂解雇了。那一年,他没日没夜地在搬运站工作,搬运东西简直拼命。

他的汗水为启己赢得了一笔钱,可当他还亲戚钱时,亲戚拒绝了,说是早点回家看看父母吧。都整整三年了,他何尝不想父母双亲。

当他回到家,往日的茅草屋早被眼前的青砖瓦房代替了,他的心中顿时涌动起一股不可名状的酸楚。父母见他满脸憔悴的面容,止不住关切地问:"在国外是不是太苦?"他哽咽一句:"只是水土不服!"尔后避着父母,任凭泪水外溢。

这个青年,是我的堂弟。

当我写完这三则故事,我心中抑制不住地颤抖起来。欺骗,曾是人们最最憎恶的,不论欺骗的大与小,人们都难以容忍。然而,当欺骗夹藏着善心的亲情,又怎能不让人泪流满面呢?因为这一种欺骗,叫真爱……

心灵感悟

当欺骗夹藏着善心的亲情,又怎能不让人泪流满面呢?因为这一种欺骗,叫真爱……

有了孩子,你就会知道

在路上,遇见大学时期一个很好的朋友。她初入学,已是全校闻名的校花。毕业前半年,同学的老乡来学校送东西。惊艳之下,开始追她。那个男孩没有高学历,没有好工作,更没有好的家世,有的只是对她超越其他人的耐心与恒心。她爱上了被他呵护的感觉。

那时候大家都在忙着找工作。她的家人也已经竭尽全力地给她安排了留在本市的一个安定工作。而他却在这个时候想回家乡小镇,跟兄长一起开一家前途未卜的家具厂。

在她的心里认为爱人去哪里,自己就应该去哪里。回家商量的时候,她的父母震怒之下打了她。妈妈更是说,如果去乡下,就再也不认她这个孩子了。她哭着跑回学校,拿了行李,就这么匆忙地跟他去了乡下。

过了这么多年再见她,已经不能再看出原来的美貌与气质了,她已经让生活磨成典型的小镇中年妇女的模样。孩子流了鼻涕,她一边与我说话,一边用自己的手给孩子擦鼻涕。她一直在说后悔,说男人的不争气。我问她,你妈妈还好吧。她说,没了。

我与她曾经是很好的朋友。她爱上那个男孩的时候,我也在爱着一个人。一个有女朋友却为我分手的人,一个家在外地,也必然回外地工作的学长。我和她曾经分享彼此的秘密,交换着自己的爱情。这样的爱情,是真的爱过的,埋没在痛苦之中几乎不能呼吸,自以为是世间最纯真、最坚决的爱情。

唯一不同的是,我没有她的勇气。在父母的坚决反对下,我放弃了学长。不到半年,他们生下了儿子。我才知道,原来在他苦苦哀求我跟他一起回去的时候,手里还牵着那个女子的手。

想起那时候,我哭成泪人一样,回家求妈妈:"让我跟他去吧,死活我认了。你就当没有生养过我好了。"妈妈冷若冰霜的说:"行,我生你养你这么多年,怎么能当没有养过。就是看着你在我身边闷死,也不能看着你跟别人受苦去。"那时候,我是多么怨恨她的冷漠。我的爱情,就这么被扼杀掉了啊。知道他结婚的那天,我喝醉了,哭着问妈妈:"你满意了?"她看了我一眼说:"等你有了孩子,就知道我满意不满意了。"

现在我有了孩子,真的知道了。

在父母的心中,孩子永远是不懂事的,是幼稚的。所以他们总要以自己在社会上闯荡了几十年的心去检验孩子的爱情,去考察那个要带自己孩子离开的人。一旦他们发觉,那个人可能带给自己的孩子伤害,他们就会披挂上阵,试图阻挡那个人的接近。

而他们的子女们,往往是越挫越勇,甚至不惜决绝亲情去追逐爱情。这时,他们则会带着伤了再伤的心,守候着自己孩子的归来。如果她幸福,父母会慢慢接受那个人;如果她不幸福,父母会摒弃前嫌,再一次挡在她的身前。

有什么爱情,是可以延续一生的?又有什么亲情,是可以轻易阻绝的?所以,年轻的时候,如果你爱上一个人,想要跟他共度一生,一定要听一下父母的意见。不仅仅因为他们年迈到已经可以轻易地看透你爱的人,更因为,这个世界上,他们是唯一可以为你付出一切,不求一点回报的人。

心灵感悟

人难能可贵的是站在别人的角度考虑问题。身为子女,便要考虑为父母的感受;身为父母,应要照顾子女的感受。人同此心,凡事能这么想就好了。

活下去,让生命拥抱亲情

读初三那年,家里遭遇了一场突如其来的变故,母亲不幸车祸被轧断了双腿,父亲为了照顾母亲也因而丢掉了工作。这一切对于我们家来说,无疑是雪上加霜一样的残酷。

那天,父亲特意将我唤在一边,搓着结满老茧的手结结巴巴地望着我说:"孩子,上完这阵子就退学吧,省下钱供弟弟妹妹们上,为了给你母亲治疗,我们已经欠下了很多债……"我惊愕地抬起头,恰巧碰上父亲乞求的目光。那一刻,我突然发觉父亲一夜间憔悴了许多,也明显衰老了许多。于是,便咬着嘴唇重重地点点头,尽管当时的我是那么的渴望读书。

也就是从那时开始,母亲毅然拒绝对自己伤腿的治疗,一个人闷坐在屋子里不声不响地发呆,甚至连吃饭都懒得伸手。母亲的固执让父亲颇感为难,父亲不断地安慰母亲,劝她不要自暴自弃。母亲不再沉默了,他们从斗嘴逐渐演变成吵架。一时间,父亲也变得寡言少语,他常常一个人蹲在院子里生闷气,随后失望的父亲慢慢地学会了抽烟,更要命的是不断地酗酒,他恼怒地把自己关在房间里,每一次都会灌得酩酊大醉,好像要故意折磨自己。

由于母亲的腿伤及了神经,时常有一种莫须有的疼痛阵阵袭来,尤其夜里呻吟着无法入眠。母亲便一个人偷偷地哭,埋怨自己拖累了这个家。后来,母亲在背地里悄悄塞钱给我,吩咐我替她买些安眠药回来。母亲自言,自己只有靠这些药才能睡得踏实。其实母亲把这些药一次次都保留了下来,最后攒够了一股脑吞了下去。亏得那夜父亲闹肚子,半夜里醒来发觉了母亲的异常,急忙喊醒我们背上母亲送去医院。

母亲的命总算挽救回来了,苏醒过来的母亲依然显得脆弱,好像一不小心就会触及那些伤心的往事。父亲害怕了,一边责怪自己,一边寸步不离地守在母亲身边。父亲一遍遍地劝慰母亲:就算不为自己着想,也该理解孩子们失去母亲的心情啊……孩子还小,他们不能没有母爱呀!

一席话让母亲浑身战栗,虽然不再寻死觅活了,可她浑身上下却像脱了层皮似的,虚脱得不像样子。接下来的母亲很少开口说话,她时常一个人默默地坐着想些心事,每当看见我和弟妹的身影在她视野里出现,母亲眼里的泪就情不自禁地流淌下来。

有一次,六岁的小妹伸出细嫩的小手,把咬剩下的半块饼干递到母亲唇边,嫩声稚气地说道:"妈妈,吃一点吧! 哥哥说你一直都不吃饭,小妹心里好害怕,夜里不断地做噩梦……妈妈,不要离开我们好吗?"小妹哭喊着搂住母亲的脖子,母亲听了,猛地将女儿紧紧地揽在胸前,仿佛突然间害怕失去什么,大片的泪水瞬间模糊了双眼。

经过一昼夜的思索,母亲咬咬牙艰难地挺过了那段非常沮丧的时期。母亲脸上呈现的,除了对儿女们的牵挂和惦记,就是作为一个母亲发自心底的那份固有的柔情。

父亲看在眼里,感到一种释然和欣慰,此后他克制自己很少发脾气,尤其在母亲面前,刻意伪装着一副乐呵呵的笑脸,对母亲的照顾也更加体贴和细心。

幸亏那个夏天的阳光一直很灿烂,父亲便有借口搀扶着母亲去院子里晒太阳。每当和煦的阳光懒洋洋地照射到母亲脸上,母亲的眼里便开始有了春天的气息,她抬起头,天空中展翅飞过的燕子,眼前翩翩起舞的蝴蝶,它们旋转的身影对于母亲的心灵都是一种莫大的安慰。母亲常常戚怀地想:不知什么时候? 自己才能像这些可爱的小生灵一样自由自在地飞翔啊!

母亲这些微妙的变化,令一直心惊胆战的父亲兴奋不已。于是,父亲果断地戒烟戒酒,他害怕那些有害的气味伤害到母亲的身体。

其实我们的心里都明白,父亲的目的无非是为了多省些钱,能够让母亲安心地养病。

这之后父亲显得更忙碌了,他白天骑着车子在外面奔波,一边做些小生意赚钱,一边四处打探治疗伤腿的妙方。父亲曾经当着母亲的面重重承诺,孩子们都安心地读书吧,我们一起努力,走过这片沼泽和泥泞。父亲格外忙碌的那阵子,多亏年幼的小妹懂事,整天围在母亲身边嘘寒问暖,一次次挽留了母亲那颗濒临绝望的心。

童年的记忆里,每当春天来了,漫山遍野的野菜便悄悄地钻出新芽,母亲就习惯去山坡上采摘野菜,回来后把它们洗净剁碎了包成饺子,那可是我们全家都爱吃的面食。如今,母亲的双腿失去了自由,她时常坐在轮椅上怔怔地想:现在大概又是野菜青嫩的季节了吧!母亲想一阵子,就会自言自语地和小妹搭腔:小妹啊,有没有闻到野菜飘香的气息?母亲偶一扭头,发现小妹不知什么时候不见了。

夕阳西下的时候,小妹顶着乱糟糟的头发蹦跳着回来,臂弯里挎一个小竹篮,里面盛着些许青嫩的野菜。她喜滋滋地来到母亲身边,捧起竹篮,母亲的眼不由得湿润了,小妹细嫩的手臂上,一条条血口子还在不断地渗着血。

母亲没有责怪小妹,她知道女儿乖巧的心思全是为了回报母亲一个惊喜。母亲流泪了,她戚怀所有伤心的日子里,除了自己执拗地想到解脱以外,家里人全都以真诚的姿态陪着她从容地挑战风雨。母亲戚怀,虽然已经遭遇了不幸,其实自己何尝不是在静静地品尝幸福呢!儿女们无微不至的关心和丈夫的悉心呵护,那种有爱相伴的日子里还奢望什么样的亲情!

小妹搬了小板凳靠近坐在母亲对面,小心翼翼地摘去野菜上的枯叶和杂草,然后瞪起一双黝黑的大眼睛虚心地向母亲请教,愤怒的目光一次次阻挡了母亲伸来援助的手。小妹不满地嘀咕,千万别动,今天就让我来给大家做一顿最可口的晚餐。母亲安详地看着小女儿,油然间品味到真正拥有幸福的滋味。母亲暗暗发誓,自己一定要活下去,她要亲眼看着乖巧的儿女们一天天长大,她要陪着丈夫共同挑起这个充满爱心的小家。

晚饭的气氛很热烈,咬着那些奇形怪状的饺子,尽管吃起来淡然无味,我们还是一个劲地赞不绝口。小妹表现得挺得意,她谦虚地嚷着:"全是妈妈的功劳,多亏妈妈教导有方!"大家藏不住开心的笑,连母亲的脸上也露出了久违的笑容。

一年多了,这是母亲最开心的一次,家庭中逐渐有了欢乐的气息。母亲仿佛发现了自己生存的价值,自告奋勇要和小妹联手负责家里的一切杂事。我们全家顿时沉浸在其乐融融的氛围里,似乎一下子忘记了眼前的忧伤。

隔一段日子,父亲听说吃鱼对身体的营养和治疗很有帮助,决定出门时弄几条大鱼回来,还可以顺便改善一下生活。小妹听了高兴地拍着巴掌,忘情地欢呼已经很久很久没有尝过鱼的味道了。母亲的眼圈立刻红了,嘱咐父亲不妨多捎几条鱼,让孩子们痛痛快快地吃一顿。

傍晚的时候,父亲还没有回家。负责做饭的小妹坐不住了,她突然灵机一动,村子后面的小河里不是有很多鱼吗,下到河里捉几条回来,就可以省下一大笔钱了。

不知深浅的小妹偷偷来到河边,她挽起裤腿扑通着浪花下到水里,小妹嬉笑着,迎着夕阳看脚底下的水波,水天相接,红彤彤的一片煞是好看。突然间,小妹的脚下一滑,突然踩不到坚硬的岩石和松软的泥土了,她惊恐地尖叫起来。

此时,母亲拄着双拐哭喊着赶来了。母亲隔老远就看见小妹漂浮在水里的小脑袋,母亲慌了,她惊恐地扔掉双拐,几乎连滚带爬地跳下水。当母亲抱起奄奄一息的小妹爬上岸时,小妹的手心里还紧紧攥着一条指头长的小鲫鱼……

小妹终于苏醒了,医生说小妹的命可真大,多亏勇敢的母亲及时出现。看着小妹脸上堆起的红晕,悲喜交加的母亲情不自禁地搂住小妹,一连地喊着"乖女儿"。随后,母亲不相信地打量自己,当她弄明白竟是自己救了女儿时,母亲扔掉拐试探着向前挪动了几步,母亲的腿真的好了,虽然步履间有些蹒跚,毕竟母亲可以真正地站立起来了。

母亲惊讶地自言自语,难道我的腿早已在不知不觉中复原了?医生微笑着告诉母亲,生活中往往有许多出乎意料的事,有时候,情急之下一个超出平常的动作,就会促使血液循环加快,从而冲开已经枯死的神经……

片刻工夫,父亲也赶来了,他无限怜惜地抚摸着小妹湿润的头发,然后惊讶地端详母亲基本恢复健康的双腿,父亲不由得哭出声来,像个孩子一样把头深埋在母亲胸前。我们的眼睛潮湿了,这么多年了,甚至包括母亲,我们都是第一次见到父亲哭。原来坚强的父亲也有脆弱的时候,父亲流下的眼泪,是澄澈母亲心灵窗口的绵绵细雨。

 心灵感悟

父亲流下的眼泪,是澄澈母亲心灵窗口的绵绵细雨。

第二辑 / 世界上最伟大的爱

有一种爱，伟大而平凡，如润物春雨，似拂面和风；有一份情，无私而博大，绵绵不断，情谊深长。这就是母爱，永远都是不求回报，无私的付出。

爱 的 诠 释

在美国芝加哥的西北角,有一个叫罗爱德的小镇。几个月前,该镇的教育主管部门为镇里一位名不见经传的女教师举办了一次庞大的摄影展览,展出的都是教师以女儿为主人公的生活照片。出人意料的是,从美国各地来了2800多名记者,打破了美国个人摄影展记者采访人数的历史纪录。

女教师名叫露易丝,是个普通的小镇居民。但她与众不同的就是坚持每天给女儿詹妮照一张相,从女儿出生到20周岁,足足照了20年,照了7300多张。她把这项活动称为:女儿每天都是新的。

展览馆共有八层展厅,被分隔成宽3.5米、长1500多米的展道,全部都挂着詹妮的照片,从她出生到20周岁,以时间为序,一张连着一张。每张照片的规格都是一样的:高23厘米,宽20厘米,下边则写着拍摄时间(年、月、日、时)和简要的文字说明:

今天,詹妮呱呱哭着来到了人间;

今天,詹妮在妈妈怀里吃奶;

今天,詹妮会笑了;

今天,詹妮发烧竟然达到38摄氏度;

今天,詹妮会喊爸爸妈妈了;

今天,詹妮跟着妈妈上幼儿园……

据说,为了坚持不间断地拍摄,露易丝很少离开女儿詹妮,万不得已,她就请人代劳。20年间,她先后请丈夫和詹妮的爷爷、奶奶、外公、外婆等13人帮忙照了43张。

平心而论,这些照片,从拍摄技术到画面内容,都很平淡或平凡,甚至有千篇一律的弊病。比如:詹妮在襁褓中的照片有110多张,吃饭的照片有1500余张,看书的照片有140余张……

然而,就是这些平凡之至的照片轰动了整个美国,让全世界为之感动,因为它体现了露易丝对女儿詹妮永恒无私的爱。去年,易丝因此被评为优秀教师。

永恒就是美丽,执着就是艺术,平凡造就就是伟大。这是人们对露易丝这种做法的崇高评价。

露易丝的伟大,在于她能够把众人都能够做到的却不屑于做的事,不但认认真真地做了,而且一做就是 20 年。

心灵感悟

> 永恒就是美丽,执着就是艺术,平凡造就就是伟大。

母 亲 的 心

听亲戚说,小时候母亲曾想把我送人。

我不知道这件事的真伪,也从未问过母亲,然而这件事在无形中给我留下了很大的阴影,以至于我懂事后一直到长大和母亲的感情都很淡。

我想,小时候就想把我送人的母亲,一定不会爱我吧。事实上也是,母亲对姐姐和妹妹似乎要更爱护,比如说两块骨头,母亲一定会把大的给姐姐,小的才给我;又比如说我放学迟归,母亲从不担心,但如果妹妹迟归,母亲则会非常焦急,匆匆忙忙地去找她。

我自觉自己的冷落,于是努力读书,也从不给家里添什么乱子,生怕母亲一生气真的会把我送人。毕竟就算母亲曾想把我送人,但对我也没什么特别不好,而且我和姐姐妹妹感情很好,万一分离,岂不伤怀?

有一年家里修理屋檐,在檐下发现一个鸟窝,里面有几只小鸟,我们都非常高兴,想着拿小鸟来玩,母亲见了忙阻止:“快放回来,如果鸟妈妈回来看不到小鸟,会很伤心的。”妈妈说这话时,相当严肃。

“这只是瞎的,我可以拿来玩吧!”我发现这些小鸟中有一只尚未睁开眼,以为是瞎的,于是说。

"不可以,对鸟妈妈来说,哪一只小鸟都一样!"

可是你就不一样,你甚至想把我送人。当时的我恨恨地想。

然而恨归恨,我还是乖乖地把小鸟放了回去。

也许上天要弥补我在母爱上的不足。从小到大,我都没遇到过什么挫折,读书,升学,毕业,拥有一份好的工作,一切都十分顺利,母亲也似乎十分欣慰,不再表现她的不公,对我和姐姐妹妹不再有什么不同,甚至有时我觉得她对我要比对她们更好。

而我却是心底里的偏心,经常看到什么好的,我会买来送给父亲,手机、衣服、手表、皮鞋,什么都有,但却很少送东西给母亲。母亲虽然不说,但想来还是希望和父亲一样能收到礼物的。每次看到她渴望的眼神,我会觉得满足,我以如此的方式不动声色地报复着母亲。

有一年夏天,一家人坐在院子里乘凉,墙角的小黄瓜静悄悄地开着花,一阵阵的清香,姐姐的小孩在一边玩耍,母亲慈祥地笑着,叫她们别摔着。聊了一阵,大家都回房了,母亲说太热睡不着,要多坐一会儿,我反正也睡不着,于是作陪。

夏天院子里蚊子很多,我用扇子赶着蚊子,见飞到母亲那边去,顺手也帮着赶走。

母亲似乎很感动,转身欣慰地说:"女儿们都长大了,真是一件开心的事。"

我没搭腔,继续赶蚊子,母亲接着说:"由小到大,你总是最乖的,又那么聪明漂亮,从来不用大人操心。有你这样的女儿,真是我的福气。"

既然这样,为什么要把我送人?我强压着心火。然而问题终于脱口而出:"妈妈,小时候你是不是曾想把我送给别人?"

"你怎么会知道的?"母亲有些惊讶。

"听人家说的,说你曾经想把我送给别人。"我假装轻描淡写。

"是啊,你小时候,长得特别瘦,不太好养,有个远房亲戚不会生育,曾想把你领走做女儿。"母亲说。

"那你同意了吗?"我问。

"同意了呀,当时家里穷得连吃的都没有,你又那么瘦,老是生病,我当时非常担心养不活。那个远房亲戚家非常富有,夫妻俩又都是知识分子,如果把你给他们,不但可以吃好穿好,而且将来可以接受很好的教育。"母亲说。

竟是这样,竟然是这样!我听了心神恍惚,不知所措,隔了好一会才控制住自己:"那为什么又没送走我呢?"

"因为你是妈妈的女儿呀,是妈妈身上掉下来的肉啊……"母亲说。

我坐在黑暗里,心里一阵阵颤抖,咬着唇,任泪水恣意横流。这么多年,我竟然为此恨了母亲这么多年……

想起多年前鸟妈妈的故事,如今才真正明白。对于母亲,每个孩子都是一样的。

心灵感悟

当面对自己亲生的孩子时,任何一个母亲都会表现出疼爱和不舍得。

爱就一个字

我听说过这样一个真实的故事:有一年冬天,一个叫云架岭的地方下起了一场罕见的大雪,几乎将所有的沟沟坎坎夷为平地。恰在这时,一个3岁的聋哑孩子突然得了一场怪病,高烧烧得像一块火炭,三天三夜昏迷不醒,急坏了他的父母。

在村里能请到的医生一个个都摇头而去之后,他的父亲试探地对妻子说:"那……只有到县医院去看看了。"

前来探望的村民一齐将吃惊的目光投向他的脸上。从云架岭到县城,至少要走100多里路,其中60多里是险峻异常的山路,平常人走都提心吊胆,在这样恶劣的天气里下山,谁都觉得是一件不可思议的事情,弄不好连一家三口的命都得赔上。

可是,做妻子的听了丈夫的话,近乎绝望的眼神一下子又有了亮色,迅速用棉被包住毫无知觉的孩子,抱起来就往门口走去。年轻的父亲顺手拎过一把铁锨,紧紧地跟在后面。

乡亲们说不出什么话来,默默地让开一条道,目送着他们一头扑进漫天的风雪中。接着,他们看见那位年轻的父亲紧走几步赶在妻子前头,用铁锨在没膝深的雪地里铲出一条路,让妻子稳稳当当地往前走。

不知是谁带了个头,大家轰地一下追了上去,夺过他手里的铁锹,轮流在前边开道,一直护送他们到了60里外的山下。

然后,丈夫借了一辆手推车,推着妻子和孩子连夜往县城赶去。

他们到达县城的时候,已经是第二天的中午了。这时,孩子通体冰凉,连心跳也消失了,县医院的大夫无比遗憾地告诉他们:"晚了,给孩子……找个好地方吧!"

丈夫沉默半晌,嗫嗫嚅嚅地对妻子说:"到这一步了……咱们……把孩子送走吧……"

神情木然的妻子仿佛受了电击一般,猛地一抖:"不!我不丢!娃还活着,我要跟娃一起回家……"

无论人们怎样规劝,执拗的母亲总是咬住这一句不放,丈夫只好叹了口气,又推起妻子和孩子,艰难地踏上了回家的路程。

雪依然在下,天地间混沌一片,似乎要将这对悲痛欲绝的小夫妻彻底地淹没。走着走着,坐在手推车上的母亲索性解开自己的衣襟,将孩子紧紧地搂在怀里,仿佛要用自己的体温将冰凉的孩子暖热。每过一会儿,她就要温柔地拍拍怀里的被卷,梦呓似地呼唤几声:"娃乖乖,妈妈带你回家……"丈夫机械地走着,汹涌的泪水从眼角流下,在脸上结成长长的冰凌。

"要么,你哭出声,让心里好受些?"丈夫说。

妻子摇摇头,她哭不出声来。

不知走了多长时间,走了多少路,天黑了又明了,雪小了又大了,忽然,手推车上的妻子一声惊呼:"他爸,快看,娃动了,娃活了!"

丈夫一个箭步冲上前去,将妻子和孩子一起揽在怀里。果然,孩子僵硬的小手慢慢地伸了出来,像要吃力地抓住些什么东西,接着,眼睛也睁了开来,静静地盯住母亲的脸。

"妈!"孩子的嘴唇一动,轻轻地吐出一个石破天惊的声音。

可怜的母亲头一歪,稀泥似的瘫了下去,幸福地倒在丈夫的怀里。

直到现在,这个孩子仍然只会叫一个字,那就是——"妈!"

可这个字的分量,却比世界上所有的语言都要重。

生命的姿势

一对夫妇是登山运动员,为了庆祝他们儿子一周岁的生日,他们决定背着儿子登上七千米的雪山。

他们特意挑选了一个阳光灿烂的好日子,一切准备就绪之后就踏上了征程。刚天亮时天气一如预报中的那样,太阳当空,没有风,没有半片云彩。夫妇俩很轻松地登上了五千米的高度。

然而,就在他们稍事休息准备向新的高度进发之时,一件意想不想的事情发生了。风云突起,一时间狂风大作,雪花飞舞。气温陡降至零下三四十度。最要命的是,由于他们完全相信天气预报,从而忽略了携带至关重要的定位仪。由于风势太大,能见度不足一米,上或下都意味着危险甚至死亡。夫妻俩无奈之下,找到一处山洞,只好进洞暂时躲避风雪。

气温继续下降,妻子怀中的孩子被冻得嘴唇发紫,最主要的是他需要吃奶。要知道在如此低温的环境之下,任何一寸裸露在外的皮肤都会导致迅速地降低体温,时间一长就会有生命危险。怎么办?孩子的哭声越来越弱,他很快就会因为缺少食物而被冻饿致死。

丈夫制止了妻子几次要喂奶的要求,他不能眼睁睁地看着妻子被冻死。然而如果不给孩子喂奶,孩子就会很快死去。妻子哀求丈夫:"就喂一次!"

丈夫把妻子和儿子揽在怀中。尽管如此,喂过一次奶的妻子体温下降了两度,她的体能受到了严重损耗。

由于缺少定位仪,漫天风雪中救援人员根本找不到他们的位置,这意味着风如果不停,他们就没有获救的希望。

时间在一分一秒地流逝,孩子需要一次又一次地喂奶,妻子的体温在一次又一次地下降。在这个风雪狂舞的五千米高山上,妻子一次又一次地重复着平常极为简单而现在却无比艰难的喂奶动作。她的生命在一次又一次的喂奶中一点一点地消逝。

三天后,当救援人员赶到时,丈夫已冻昏在妻子的身旁,而他的妻子——那位伟大的母亲已被冻成一尊雕塑,她依然保持着喂奶的姿势屹立不倒。她的儿子,她用生命哺育的孩子正在丈夫怀里安然地睡眠,脸色红润,神态安详。被伟大的爱包裹的孩子,是否知道自己有一位伟大的母亲? 她的母爱可以超越五千米的高山而在风雪之中塑造生命。

为了纪念这位伟大的母亲、妻子,丈夫决定将妻子最后的姿势铸成铜像,并且告诉孩子,一个平凡的姿势只要倾注了生命的爱便可以伟大并且永恒。

心灵感悟

一个平凡的姿势只要倾注了生命的爱便可以伟大并且永恒。

母亲的谎言

从小我就不喜欢我的母亲,主要原因除了她对我特别严厉外,就是她的冷漠,她就如一颗坚冰,永远地横在我的生命里。

我经常抱怨自己生的家庭不好,母亲对我的严酷胜过了老师,而父亲又是一个老实巴交的农民。我常常躲在学校后面的小操场上孤单地玩,那时的心事单纯得像天上的白云,总想有一天,自己能变成一只风筝,永远地飞在蓝天和白云里。

我11岁那年,父亲永远地离开了我。父亲的死缘于一场车祸,由于肇事车辆外逃,加上治疗不及时,在动了两次不管用的手术后,父亲撒手人寰,我和母亲蹲在父亲棺材前痛不欲生。

接下来的日子,如水一般地平淡。忽然有一天,母亲高兴地告诉我:“我们就要有一个新家啦!”她说的所谓新家我知道,别人又给她介绍了对象,男的我认识,就在村西，也是一个老实巴交的汉子，还是个瘸子，他家里还有个女孩。我极力阻挡母亲的想法，觉得母亲不像我印象中的纯洁，父亲才刚刚死了两年，就携家带口的要下嫁，这不符合我的人生观。

但胳膊是扭不过大腿的。终于有一天，一辆大车停在我家的门口，我的继父，那个瘸子站在车前，当他从我的手中要接过我抱着的东西时，我奋力把它扔在了地板上。

转眼间，在新家里过了三年，我也上了高中，但这其中，我对这个家仍然没有产生丝毫感情，尤其是继父，老实得好像一个木头疙瘩，家里全靠母亲张罗，有时候我总在想，如果这个家没有了母亲，是不是就会走不动了。母亲总是跑前跑后地忙活着，原来的家改成了豆腐房，母亲没日没夜地磨豆腐。而我从来不会去给她帮忙，因为在这个年龄，正是草长莺飞的季节，年轻的心永远是飘浮的，我向往幸福的生活，渴望有一天能够逃离这个家，永远不要再回来。

在学业上，母亲从来没有管过我，这主要在于她没有文化，没有意识到知识的重要性，在她的眼里，只要她的儿子能够听话，能够学上一门手艺，就已经足够了。她所说的手艺我知道，就是磨豆腐，母亲给我讲这门手艺是祖传的，十里八村都喜欢我家做的豆腐，有了它，一辈子都饿不死。我总是不屑一顾，把她所说的话当作耳旁风，记忆里没有任何痕迹。

高二那年的一天夜里，母亲忽然得了一种怪病。那夜下着大雨，继父套了毛驴车，告诉我要看好家和妹妹，然后连夜去了城里。

在城里住了几天后，他们又套着车回来了，脸上的神色很不好看，我问母亲："妈，什么病？"母亲回答我说："没什么，是阑尾炎，已经做过手术了，现在好了。"从那天起，我就觉得母亲忽然间像变了个人似的。她对我的严厉到了最严重的地步，原来她一直不管不问我的学业，现在却成了首要的问题，她告诉我："虽然我没学过文化，但我知道文化的重要性，以前没有管过你，从现在起，你必须努力学习，考上大学，为家里争光。"

突如其来的改变令我无法应对，以前的我是懒惰的，我不喜欢那些阿拉伯数字，更不喜欢去做那些无聊的化学试验。但母亲却一直在叮嘱我："每次考试，必须让我知道成绩，我还要去你们学校。"我不知道母亲葫芦里卖的是什么药，但我感到母亲这次的坚决和严苛。

从那时起,每天一大早,天还没亮,母亲就把我从被窝里揪出来,"赶紧吃早饭,上学去。"我总是有着明显的叛逆思想,慢吞吞地穿着衣服,脸上还蒙着一丝惺忪,母亲一个巴掌打过来,把我从梦中震醒,望着和原来判若两人的母亲,我不知如何是好,我只有听从她的安排,吃完早饭,骑上那辆破旧的自行车,去离家两公里的县城读书。

眼看着高考就要来临了,我已经意识到教室的氛围在明显紧张,在那种环境里,任何的梦幻都会变成一支笔,在试卷上没日没夜地描绘着理想。我给母亲捎了信,告诉他我要住校,暂时不回家了,等高考完了再回去。其实我是在逃避她的跟踪,每天回家,她总会唠叨个没完,问这问那的,一旦学习成绩稍有差错,便会引来一阵责骂声,我已经找到了对付她的好办法,就是躲避。

一天上午,一位同学告诉我校门口有个人找我,我喘着粗气赶到校门口,在风中,站着的正是母亲,她是给我送钱的,我接过她递过来的钱,没有说一句话,转身消失在她的面前。后来,我才得知,家门前的小河发了水,母亲是弃了自行车,趟着水过来的。当时,母亲的裤腿脚上全是泥水,由于自己的疏忽和大意,加上对母亲有着很大的偏见,我竟然没有看到这最微小的细节,正是这个细节,让我遗憾了好长时间。

高考过后,我自知没有考好。我郑重地告诉母亲:"妈,我可能考不上大学了,我总觉得心里没底,我看我不是那块料,我还是跟你学磨豆腐吧。"母亲的手哆嗦了一下,她放下手中的工具,半天没有言语,最后她告诉我:"做好两手准备吧,明天我去给你明叔说说,先去制药厂干两天吧?"

第二天一早,我便随着母亲去了乡里的制药厂,见了明叔后,母亲告诉人家:"这是我儿子,不管分到哪个车间都可以,一定要对他严厉些,捡最脏的、最累的活让他干。"

我恨透了母亲,人家的母亲过来,总是给明叔说好话,让给自己的孩子捡一个最适合的、最轻巧的工作去干,而母亲却对我变本加厉。我一直在怀疑她是不是我的亲生母亲。有时候,在梦里,我会掉下几滴眼泪来,我知道是母亲有病在身,也许是家庭的无奈改变了她的性格,现在作为儿子,我别无选择,只有听从和坚忍。

下定决心后,我发誓要在制药厂干出个名堂。我所在的车间是包药组,每天一上班，在机器的轰隆声中，我的双手就开始了8个小时不停止地劳作，我们是流水线作业，前面的工序传出药来，后面的工序便开始包装装瓶子，做这项工作必须眼疾手快，要不然药品就会流转到下道工序，既而便会被扣分。要是赶上领导来检查，则会被记大过一次。

几天下来，我的双手便如灌了铅般难受，手上也磨出了茧子，那些溢出的药沾在磨烂的肉上，别提多难受。许多工友都是没做几天，便自动打了退堂鼓。我也曾经动摇过，自小在家里没干过重活，冷不丁地一干就是几个小时，无论是精神还是肉体总是吃不消。

考虑了好几天，我还是坚持了下来，我不能让他们小瞧我，更不能让母亲说我没出息。

一个星期后，母亲来看我，当我伸出双手让她看时，她却对我说："刚开始都会这样，这是一个锻炼的过程，你要学会坚持。"本以为会换来母亲的关爱和同情，没想到母亲却如此无情，我知道母亲的脾气，没有说几句话，我告诉母亲："我要去上班了！"就这样，在赌气中，我发誓要做一个堂堂正正的男子汉，我要用自己的双手改变未来。

后来的一件事改变了我的个人志向。那天，厂部贴出通知，要在全厂范围内招聘办公室秘书，本来就自信的我便报了名。考试那天，人山人海，一共有30多位考生前去笔试，考场外面站着的都是为每位考生加油的工友。在一阵喧哗声中，我很快地答完了题，我自信凭自己的文采，在这么个小厂里，绝对是出类拔萃、凤毛麟角的。结果是我和另外一个女生进入到最后的面试。面试时，我口若悬河，侃侃而谈，但结果却让我非常失望，那位女生有着汉语言文学的专科文凭，自然秘书一职非她莫属。虽然我在抱怨厂里的领导只重视文凭，不重视水平，但是，我已经明显感到肩膀上的压力了。

第二天一早，我破天荒地打电话给母亲："我要去复读。"母亲告诉我："回来吧！"傍晚回家，母亲正坐在屋门口的小板凳上，继父正在为她熬药，屋里一种浓厚的中药香。看见我回来，母亲招呼我坐下，问了我在厂里的一些工作情况后，她对我说："不是母亲对你严厉，没有知识，在这个世上举世维艰，还是那句话：考不上大学，别回家。"母亲说完，给了我一沓钱，然后为我准备了行李和一个星期的干粮。

从那天起,我严格将自己控制在三点一线当中,我为自己订立了目标和计划,保证每门课程都在有条不紊的情况下进行,而不能顾此失彼。

在这期间,我很少回家,每次缺钱时,都是托人捎来。就这样功夫不负有心人,一年后,我顺利地参加了高考,出考场后,我自我感觉良好,那晚在乡里的小饭馆里,我和几位同学,划拳行令,并且头一次喝了酒。

晚上,我借着酒劲,骑着自行车回家。母亲正坐在家里,旁边坐着的是继父。看我回来,母亲很高兴,她招呼我坐下,并且问我考得如何。

借着酒劲,我头一次对她发了脾气,我说:"我考得如何关你什么事,你只会对我发脾气,你不配当我的妈妈。"母亲的脸抽搐了一下,接下来,她突然间哭出声来。

继父拉我坐下,对我语重心长地说:"孩子,你不能怪你妈妈,这都是为你好,你妈妈不让我告诉你,她得了癌症。为了你的将来,你妈妈和我商量了半天,她必须对你严厉,否则,将来你如何立足社会。"

继父说完,转身把一沓厚厚的病历交给我。手里拿着一张张病历,我的眼泪在瞬间成了汪洋,我搂着母亲的肩膀:"妈,你为什么不早告诉我,你为什么要骗我呀,你告诉我你得的是普通的炎症啊。"继父说:"我曾经想过告诉你,可是你妈妈不让,说会分散你的心,耽误你的学习。两年前,医生告诉我们,你妈妈最多只能活一年,但是现在,她已经创造了一个生命的奇迹。两年里,唯有对你的牵挂,成了她割舍不下的生命源泉,也正是这种动力,在支撑着她的生命。"

我忽然明白了母亲的良苦用心,我知道以后的路该如何走。我和母亲已经创造了一个生命的奇迹,相信在以后,我们会创造出更多的奇迹来。我搀扶着年迈的母亲,走在明媚的阳光里。

心灵感悟

母亲隐瞒病情,并对儿子严格要求,只为儿子能有一番美好的未来,所以幸福总是悄悄地在身边,但不会轻意被发现。

"遗产"——13元

一晚,女儿仅吃了小半碗饭就放下筷子说:"妈,我有点不舒服,得去躺一会儿,你吃完先出摊去吧,碗筷等会儿我再收拾。"

当时,我并没有太在意,等我收完夜市回来,看到碗筷和剩菜还在桌上摆着,才想到女儿可能出事了。

我推开她的房门,看见她在床上躺着,满脸通红,我上去摸了摸她的额头,吓了一大跳,她的额头烧得像一团炭火,眼睛眯成了一道缝,似乎睁开都很吃力。

我将女儿抱了起来:"孩子,你发烧了,得去看医生。"但她却从我的怀中挣脱下来,"不用了,可能是感冒了,睡上一觉明天就会好的,妈,你去把碗洗了吧。"她的声音虚弱,但还是强睁着眼,冲我笑了笑。

我知道她是在敷衍我,因为一去医院就意味着花钱,她怕。

"不行,得赶紧去医院!"我果断地说,然后来到屋里开始找钱,尽可能地找。当我把所有能找到的钱连同刚从夜市上挣来的散币堆在床上清点时,深深感到仓皇而无助。

"妈,真的不用去医院,我明天就会好的,真的……"我扭头看见女儿靠在房门上,显然已看到了我刚才的窘态。

"快去穿上衣服,我们走!"我胡乱地将钱塞进口袋里,搀着女儿的手说,"我们打的去吧。"

"不,你蹬三轮车去,医院反正又不远。"女儿说着就挣脱了我的手,跄跄地走向锁在院子里的三轮车。当我蹬着小三轮在寂静的街上急驶时,身后传来她微弱的呻吟声,以前我还从来没有听见她这么哼哼过。我有点怕了。

三年前,丈夫身患绝症离我而去,接下来我又下岗失业,于是只得蹬着三轮车去出摊赶夜市,那一年女儿还不到13岁。也正是从那时起,我发现她忽然长大了,开始真正懂得了什么是生活。我回头望了她一眼,看见她像一只受伤的小羊羔那样无助地趴在车里,眼睁睁地望着我,我发了疯似的蹬车,怕耽误了治病。

赶到医院挂上急诊,接下来是检查、肌注、物理降温,忙碌了一阵后,值班医生告诉我,眼下正流行病毒性脑炎,女儿的症状有些像,要待明天上班后做脑脊液检查才能确诊,我的心又提了起来。夜深了,病房里只剩下我和女儿,我感到了疲倦。女儿突然示意我靠近她,说:"妈,我感觉很难受,浑身都痛,和以往不一样。医生的话我听见了,我很有可能是脑炎,我怕是不行了……"

"别瞎想,要等明天做了检查才能确诊,我肯定你不是的。"

"妈,你听我说。"女儿突然严肃起来,很认真地说,"你记住了。家里床头柜的下层,最里面靠右角,那儿藏有一个小铁皮罐子,里面装有一些钱,那是我攒下的一些钱,留给你……"

猛地一阵酸楚直冲我的鼻腔,我的眼睛蒙眬了,我抓住了女儿的手,喊着:"孩子,你不会有事的,因为有我在,我是你妈妈。无论发生什么事,我们都要在一起,一起勇敢地活下去,孩子,你记住了吗?"

女儿怔住了,她异样地、静静地望着我……好一会儿,我感觉到她抓住我的那只手有了力度,她攥住了我的三根手指头,两颗晶莹的泪珠,从她的眼角滚落而下。

等女儿睡着时,东方已经透亮。我来到门外想透口气,突然就蹲在地上号啕大哭起来:从丈夫去世后,我很多年没有哭过了,此刻才体会到了一个无助女人动情时的哭会是那么可怜。

第二天上午,女儿做了脑脊液检查,显示正常,接着又做了X线胸片检查,确诊得的是一般性肺炎。医生说不要紧,住院两三天就可以出院。当我把这个结果告诉女儿时,她一下子就搂紧了我的脖子,搂得很紧。她还从来没有对我这样过,我们都哭了。回去后,我偷偷去打开了女儿的床头柜,那里果然有一个小布包,里面是13元钱,全是角票。捧着那只小布包,眼泪再一次从我的眼角滑落。

事情已经过去三年多了,现在女儿已经远离我了,成了一名军医大学的学生。高考时,她的分数过了北大清华的录取线,但她的第一志愿却是这所军医大学。用她的话说是不用交钱还管吃管穿,能免去我的负担,这是她真实的第一志愿。

这些年来,我始终保存着女儿那只布袋,那是她曾经郑重地留给我的"遗产"——13元钱,我只想永久地将它珍藏。这只布袋,记录的是我们母女间那段日子相依为命的艰辛历程。

　　13元钱虽不多,但是意义却重大,记录着母亲与女儿生活最艰辛的那段日子的点滴之事。

母亲的价格

　　母亲没有工资,因为她一生都是家庭妇女。煮饭、洗衣、操持家务、抚养我们兄弟姐妹。家里的经济收入全靠在地质队煮饭的父亲,除此之外便是自留地上的几棵果树了。穷家难当,但母亲仍用她纤细的手、细腻的心,让我们吃饱穿暖,从来没有受到过饥寒,即使是在最艰难的年月。那些双职工父母的小伙伴还很羡慕我们。但我们想,要是母亲也有工资,我们家的生活不是更好吗?

　　我结婚的时候,父亲千里迢迢陪着母亲来看我嫁的城里新郎。父亲摸索半天,掏出个牛皮纸包,有些歉意地对我说:"没办法,就只有2000块钱,家里的情况你是知道的,没有什么积蓄,我们只能拿出这么多了。"

　　想到男友家里给我们买了房和全套家具,父亲的2000块钱就有些寒酸了,我有些失望,脱口而出:"要是妈也挣工资就好了。"

　　母亲在一旁听了,面带惭愧地笑笑。

　　直到有一天,我看了一篇题为《母亲的价格》的文章,里面说母亲的工作是一种"技术性的中级管理"工作,若母亲的工作可获得薪水,合理的年薪约为6万美元,换成人民币可是几十万啊。

　　著名的艾德尔曼财经服务组织经过细密的计算和评估,得出这样的结论:若将母亲的各项工作改为出钱聘人代劳,那么,子女一年所付的工钱应高达63万美元。不要说63万美元,即使是6万美元一年的工资,又有多少子女能够支付得起呢?

　　那一刻,我深深地惭愧了。我想起没有电风扇的童年,母亲整夜不睡,用棕叶扇给我们带来凉爽;为了让我们吃饭时不受苍蝇打扰,母亲用艾蒿烟赶走飞虫;生病的时候,母亲满山遍野去寻找草药;为了让我们吃饱,母亲从来没有上过桌子,我们吃饱了她才吃；知道我们在县城读重点高中，母亲为给我"营养"，把家中仅有的母鸡杀了煨好汤给我送来……而我们却一直为母亲没有挣工资，不能带给我们更多的物质享受而颇多抱怨。我们在享受母爱的同时，不知不觉间，已经欠下了母亲那么巨大的一笔"工资"，而我们自己却是那么心安理得。

母亲是一种职业，是一份没有工资的工作。女人做了母亲，便是全副身心地投入，这份劳碌、繁杂而又无休止的工作，母亲做得细腻，做得纯粹，头发白了，腰做弯了，母亲也毫无怨言，而且分文不取。

母亲的工资，是我们应该支付的，而且永远也支付不清。

心 灵 感 悟

母亲的工资，是我们应该支付的，而且永远也支付不清。

一棵给予树

我是一个收入不多的单亲妈妈。独自一人抚养四个幼小的孩子，让我不时感到力不从心。日子过得紧紧巴巴，但我尽力让孩子们夜有所宿、日有所食、衣着整洁、行为礼貌。在他们心中，他们的妈妈并不穷困，只是非常"节俭"——这正是我追求的目标，因而让我深感欣慰。

期待已久的圣诞节就快到了，虽然我们并不富裕，但我们仍然决定好好地庆祝一番——全家去教堂祷告，和亲朋好友开个聚会。那段时间，孩子们沉浸在购买节日彩灯和餐具的喜悦中，兴致勃勃地忙着装饰房子。不过，他们最在意的还是选购圣诞礼物。很早以前，他们便开始讨论这一话题，探寻长辈的心意、互相询问对方想要的礼物，希望送出最真挚的祝福，收到最甜美的笑容。但这种热情却让我担心：我仅有120美元，却有5个人要分享它，怎么能够给大家买又多又好的礼物呢？圣诞节前夕，我分给每个孩子20美元，提醒他们记得至少准备4份约5美元的礼物。接着，我们分头采购，约定两小时后碰头回家。

在回家的路上，孩子们非常高兴，不住地打闹嬉笑。你给我一点暗示，我让你摸摸口袋，不断猜测对方的礼物，但我注意到，8岁的小女儿金吉娅异常沉默。而且，我实在难以相信：一番狂购后，她的袋子居然还是又小又平。透过透明的塑料口袋，我还发现她仅仅买了一些棒棒糖——那种50美分一大把的棒棒糖！我情不自禁地生起气来：她到底用我给她的20美元做了什么？这个念头让我的怒气几乎要当场发作。一到家，我马上把金吉娅叫到我的房间里，关上门，打算好好地教育教育她。

"妈妈，我带着钱走了很多地方，心里想着一定要送您和哥哥姐姐一些漂亮的东西。不过，我看到一棵'给予树'——援助中心的'给予树'。树上有许多卡片，其中有一张是一个4岁的小女孩写的。她一直盼望圣诞老人送她一个穿裙子的洋娃娃和一把发梳作为圣诞礼物。所以，我取下卡片，买了洋娃娃和发梳，把它们和卡片一同送到援助中心的礼品区。"金吉娅时断时续，并语带哽咽，因为没有给我们买到合适的礼物而难过，"我的钱就……只够买这些棒棒糖的了。可是，妈妈，我们家有这么多人，已经能得到许多礼物了，而那个小女孩还什么都没有……"

我一把抱住金吉娅，紧紧地拥抱她，感到无比富有。这个圣诞节，金吉娅不但送我棒棒糖，而且还送给我善良、仁爱、同情、体贴，以及一个素未谋面的小女孩达成心愿的笑脸。

我收到的礼物中最珍贵的就是金吉娅那颗温暖的心！

心 灵 感 悟

老吾老，以及人之老；幼吾幼，以及人之幼。天涯同此心！

生命的支点

在土耳其旅游途中，巴士行经1999年大地震的地方，导游趁此说了一个感人却也感伤的故事，发生在地震后的第二天……地震后，许多房子都倒塌了，各国来的救援人员不断地搜寻着可能生还的幸存者。

两天后，他们在缝隙中看到一幕不可置信的画面——一位母亲，用手撑地，背上顶着不知有多重的石块,一看到救援人员来便拼命地哭喊着:"快点救我的女儿,我已经撑了两天,我快撑不下去了……"她七岁的小女儿,就躺在她用手撑起的安全空间里。救援人员大惊,卖力地搬移在她上面和周围的石块,希望尽快解救这对母女。然而石块是那么的多、那么的重,怎么也无法快速到达她们身边。随后媒体到达这一地点,拍下画面,救援人员一边哭、一边挖,辛苦的母亲苦撑着等待救援……土耳其人透过电视和报纸,都为之心酸的掉下了眼泪。更多的人,放下手边的工作投入到救援行动中。

救援行动从白天进行到深夜,终于,一名高大的救援人员够着了她的小女儿,将她拉了出来,但是,她已经气绝多时了。母亲急切地问:"我的女儿还活着吗?"以为女儿还活着,是她苦撑两天的唯一理由和希望。这名救援人员终于受不了了,放声大哭起来:"对,她还活着,我们现在要把她送到医院急救,然后也要把你送过去!"他知道,如果母亲听到女儿已死去的消息,必定会失去求生意志,松手让土石压死自己,所以便欺骗了她。

母亲疲累地笑了,随后她也被救出灾区送往医院,她的双手一度僵直无法弯曲。隔天后,土耳其报纸头条便是一幅她用手撑地的照片,标题为:这就是母爱。长得壮硕的导游说:"我是个不轻易动感情的人,但是看到这篇报道时,我哭了。以后每次带团经过这里,我都会讲这个故事给大家听。"

其实,不只是他哭了,在车上的我们,也哭了……

心灵感悟

在危难时刻,作为母亲最惦念的就是自己的孩子,哪怕牺牲自己的性命,也要确保孩子的安全。

活下去的动力

我所做的医学实验中的一项,是要用成年小白鼠做某种药物的毒性实验。在一群小白鼠中,有一只雌性小白鼠,脑根部长了一个绿豆大的硬块,便被淘汰下来了。我想了解一下硬块的性质，就把它放入一个塑料盒中，单独饲养。

十几天过去了，肿块越长越大，小白鼠腹部也逐渐增大起来，活动显得很吃力。我断定这是肿瘤转移产生腹水的结果。一天，我突然发现，小白鼠不吃不喝，焦躁不安起来。我想小白鼠大概寿数已尽，就转身去拿手术刀，准备解剖它，取些新鲜肿块组织进行培养观察。

正当我打开手术包时，我被眼前的一幕景象惊呆了。小白鼠艰难地转过头，死死咬住自己拇指大的一块肿瘤，猛地一扯，皮肤裂开一条口子，鲜血汩汩而流。小白鼠疼得全身颤抖，令人不寒而栗，稍后它一口一口地吞食将要夺去它生命的肿块，每咬一下，都伴着身体的痉挛。就这样，一大半肿块被咬下吞食了。我被小白鼠这种渴望生命的精神和乞求生存的方式深深地打动了，收起了手术刀。

第二天一早，我匆匆来到它面前，看看它是否还活着，让我吃惊的是，小白鼠身下居然卧着一堆粉红色的小鼠仔，正拼命地吮吸着乳汁，数了数，整整 10 只。小白鼠的伤口已经停止了流血，左前肢腋部由于扒掉了肿块，白骨外露，惨不忍睹，不过小白鼠的精神明显好转，活动也多了起来。

恶性肿瘤还在无情地折磨着小白鼠。我真担心这些可怜的小东西，母亲一旦离去，要不了几天它们就会饿死的。从这以后，我每天做的第一件事情，便是来到鼠盒前，看看它们。看着 10 只渐渐长大的鼠仔没命地吮吸着身患绝症、枯瘦如柴的母鼠的乳汁，我的心里十分不是滋味，我知道母鼠为什么一直在努力延长自己的生命。但不管怎样，它随时都可能死去。

这一天终于来到了。在生下鼠仔 21 天后的早晨，小白鼠安然地卧在鼠盒中间，一动不动了，10 只仔鼠围满周围。我突然想起，小白鼠的离乳期是 21 天，也就是说，从今天起，鼠仔不需要母鼠的乳汁，可以独立生活了。面对此景，我潜然泪下。

世间最伟大、最无私的爱就是母爱，奉献和牺牲是母爱这两个字眼丰富内涵中最动情和闪光的部分。正是这种博大深厚的爱，繁衍传承了生生不息的人类社会和万物生灵，谱写出永恒不朽、传诵不衰的爱的诗篇和情的乐章。

漫漫人生旅程，正是无私奉献的母爱，教会我们用心去关爱他人、关爱社会、关爱世界，也正是母爱这种惊天动地的力量，激励我们摒弃自私和怯懦，用爱心拥抱真善美的生活，一步步走向成熟和成功。可当我们长大参加工作后却常常忽视了这份爱，母亲的唠叨也常常使我们厌烦。其实每一个老人对儿女的要求并不多，只希望儿女们都常回家看看。

曾听一位朋友讲过一个悲壮感人的母爱故事:一天深夜,一场突如其来的特大泥石流吞没了小山村。次日,当救援人员循着哭声刨开泥土,掀开屋顶,发现一个光着身子蜷缩在屋梁下的两岁小女孩竟然活着。救援人员赶紧将小女孩抱出来,可她死活都不肯离开,边用小手指着边哭喊起来:"妈——"救援人员沿着隐约露出的一双泥手小心翼翼地往下刨,眼前现出一幅惊心动魄的画面:一个半身裸体的女人,呈站立姿势,双手高高举过头顶,仿佛一尊举重运动员的雕塑……女人竟是一个盲人,身体早已僵硬。而她的身下,又刨出一个昂首挺立的男人!女人正是站在男人肩上,双手高举小女孩,小女孩才奇迹般地成为这场泥石流中唯一的幸存者!

动物也罢,人类也好,唯有父母之爱是默默奉献,不求回报的。生死攸关的时候,他们总是义无反顾地舍弃自我,把生的希望留给后代。当初,小白鼠妈妈挣扎着多活了 21 天,用自己的生命换取了小鼠的生命。而盲人父母舍己救女儿的壮举更是对母爱力量的最好诠释。母爱如山,如山的伟大,如山的崇高,如山的厚重……母爱是原点情感,理解了母亲的爱,我们才能爱人爱己,才能让爱迸发出光辉,照亮我们未来的路!

心灵感悟

母爱如山,如山的伟大,如山的崇高,如山的厚重……

诊所里的母亲

流感说来就来了。好像城市里每个人都在流鼻涕。这让他的诊所里,总是堆满了人。

诊所不大,靠墙放着两个并排的长凳,人们挤坐在那里,有秩序地、一个挨一个地等着他开出药方或在头顶上挂一个吊瓶。这场面让他稍有欣慰。他不喜欢有人插队,正如他不喜欢有人生病,尽管他是一个大夫。

有时他认为自己好像选错了职业,比如现在。他已经忙了一个上午,面前依然晃动着没完没了的病人,这样他就有些烦躁。后来他更烦躁了,因为他看到一个没有排队的女人,身子有些佝偻,头发已经花白。女人紧抱着叠成筒的被子,踉跄着慌张的脚步,直接挤到他的面前。他看到女人在皱纹间顽强地挣扎出一双浑浊的眼,吸盘般地吸附着她的脸。女人说,看病,感冒了。声音沙哑。

他皱了皱眉头,用手指着长凳上等候着的那些人,说,都看病,都感冒了。

女人说,我给你钱。

他的眉毛马上打成了结,他说都给钱,这里没有赊账和赖账的。

女人并不理会他说的话,继续说道,孩子感冒了,很严重,你快给他看看吧。女人轻轻拍打着怀里的被筒,露着焦急和紧张的表情。

女人递过来一张破旧的两毛钱,他认为这张钱的年龄,应该不会比女人小多少。

女人小心翼翼地揭开包得紧紧的被筒一角,他歪着头,向里面看了一眼。只一眼,他便愣住了。他突然记起有人曾给他讲过的一个故事,他想也许面前的这位老女人,就是故事里的主角。

你不要理她。坐在凳子上的一个男人说,我认识她,这附近所有的国营医院和个体门诊,没一个理她的。

他摆摆手,示意男人不要说下去了。他轻轻问女人,孩子病得很重吗?

是的,很重。女人说,他整夜咳嗽。

还有呢? 他问,他把听诊器小心地塞进被筒。

不吃饭,有时候发高烧……夜里总是哭! 女人说。

你别理她! 坐在凳子上的男人又说话了,还有这么多人等着呢!

你闭嘴! 他冲着男人吼。他不知道自己为什么突然变得很激动。

男人撇撇嘴,不说话了。

给他打一针吧。他朝女人笑笑,马上就好,不会疼的。他站起来,把椅子让给女人。

现在好了。您摸摸看,是不是不烧了? 过了一会儿,他对女人说。

好像是呢。女人的表情终于平静下来了,嘴角有了些笑意。

回去的时候,把被子包得严实点,别让他受凉。他叮嘱女人说。

那谢谢你了……不过明天我还想来,您再给他看一看,行吗?女人说。

当然行。他收下女人推过来的两毛钱。

女人终于走了,心满意足,脚步也变得轻盈。走到门口的时候,女人回过头来朝他笑笑,笑得他心酸。

他开始给下一位病人开药,挂吊针。他心里想着那个故事:单身的母亲和17岁的儿子,儿子辍学打工,摔下脚手架,死去……母亲疯了,每天抱一个被筒,到处找人给儿子看病。她总说,儿子刚满两岁,没有人理她……

他想,被子里包的那个干瘪的、脏兮兮的枕头,应该是她儿子枕过的吧。

他流下一滴眼泪。

他想,不管如何,也得把这个诊所开下去。他答应过女人的。哪怕,他仅剩下女人一个病人。

心灵感悟

母爱的坚持和执着,足以令人动容。

最安全的姿势

这件真实的事,发生在去年冬天。

那天清晨,县城城西老街的一栋居民楼突然起火了。那是40年代修建的、砖木结构的老房子——木楼梯、木窗户、木地板,一烧就着。居民们纷纷往外逃,没想到才逃出一半人,木质楼梯就"轰"的一声倒塌了。剩下的9个居民只好跑到唯一一处没有烧起来的3楼楼顶,等着消防队救援。

消防队不一会儿赶到了,可让他们手足无措的是,这片老巷子太窄太密,消防车和云梯根本过不去。情势已经十分紧急,大火随时可能烧到顶楼。眼见着底层用以支撑整幢楼的粗木柱被烧得"嘎吱嘎吱"响,随时可能倒塌,消防队队长再来不及想别的,随手拽下一位逃出来的居民披着的旧毛毯,和其他三个消防员一起拉开,对着上面大声喊:"跳! 一个一个地往下跳,往毛毯上跳! 背部着地!"

为了安全起见,他亲自示范类似背跃式跳高的动作。只有背部着地才是最安全的,而且不容易撞破旧毛毯。

第一个男人跳了下来,屁股着地,可没有受伤;一个小孩子也跳了下来,背部着地……人们的姿势越来越规范,顶多是从毛毯上滚下来时有些擦伤。可还有一个裹着大衣的女人站在楼顶,犹豫着不敢跳。

火势越来越猛,一根柱子燃烧着忽然"咔嚓"一声断了。人们惊叫了一声,消防队长的喉咙都嘶哑了:"跳啊! 你倒是赶紧跳啊!"

小楼晃荡了一下,女人终于下定决心跨过护栏跳了下去,在场的所有人都惊呼:她用的分明是跳水的姿势,头部向下。女人好像一发炮弹一样迅速地坠落在毛毯上,由于受力面积太小,旧毛毯"嗤"一声裂开,女人的头部重重地撞到了地上,顿时鲜血横流。

这个女人真是笨啊,前面的人跳得那么好,看也该看会了,在场的人都这样想着,忍不住奔了过去,奄奄一息的女人在消防队长的怀里很艰难地笑了。她的大衣敞开了,大家这才看到她的小腹高高隆起。"已经8个多月了。"女人轻声地说:"赶紧送我去医院,剖腹,他能活……"

那是我亲眼看见的一幕,女人后来被送去了医院,我不知道她后来有没有活下去。可我记得,那一刻所有人的沉默和感动。那是对于一个母亲来说最安全的姿势,尽管对她自己是最危险的。

忽然想起了丰子恺《护生画集》里面的一幅:有人烹煮黄鳝,发现黄鳝熟了以后头尾弯成弓形,中部翘在滚水外。剖开来看,发现里面密密麻麻全是鱼子。原来所有的母亲都是一样的,心里最安全的,永远给予孩子。

心 灵 感 悟

所有的母亲都是将心里最安全的,永远给予孩子。

闹钟里的母爱

以前,他工作的地方离市中心很远,那是个私人企业,每天都要打卡上班。他每天睡前总要看看闹钟,而每一次闹钟的弦都是满满的。

弦是母亲上好的,母亲把给他的闹钟上弦当成了一种工作,好几次他对母亲说:"妈,我也不小了,会自己照顾自己的,你就别操这份心了,好吗?"母亲不置可否,父亲说:"她要干你就让她干吧,反正她又没什么事。"他有些委屈地说:"可是,星期天我是要休息的呀,干吗还要闹醒我。"母亲拍拍头:"哦,我倒把这个给忘了。"母亲就是这样。

现在,他用不着每天早起赶着打卡了,他自己开了个小公司,住在公司里进行个人的创业,他有的是时间。可是,夜深人静的时候,他会伤感,会独自流泪,因为和家里的联系减少了。

他当初要开这家公司的时候,母亲是一千个不同意,她怕儿子吃苦受罪,怕他每天清早起不来。其实,母亲最担心的还是怕他身体吃不消,毕竟社会竞争太激烈。他说,我是不是你的亲儿子呀,干吗不希望我有一番事业呢?我在外面创业有什么不好吗?

最后,他还是固执地开了自己的公司。由于他奋发图强,再加上市场运作的成功,一段时间以来,他的公司还是不错的。虽然他过上了幸福的生活,可很多时候,他不知如何面对母亲。

和往日的回家一样,他和父母打过招呼后就无话可说了。虽然眼睛盯着电视,眼前却是一片空白,父亲在厨房里忙着,家里只有电视的声音。饭后他对父亲说,我想在家里住一晚,因为公司太紧张了。

他的房间一切如故,床头摆着闹钟。这一晚,他睡得很熟。清早,他被一阵闹钟声惊醒,他依稀记得自己要赶去打卡,心里祈祷着千万别迟到。可是当他睁开眼睛,一下子明白了:闹钟的弦是母亲上的。父亲说过,这些年母亲已习惯了每天睡前给他的闹钟上弦,即使他在外面开公司也是如此,只有听到闹钟响过后,母亲才能入眠。他任凭闹钟的铃声响着,两行泪不由自主地流下来,洗刷这久违的铃声,还有深深的母爱。

 **心 灵 感 悟**

　　母亲心中时刻惦念着儿子,一直为儿子操劳,只有看到儿子好,自己心里才踏实,母爱伟大且无私!

母亲的最后一吻

　　一直以为失去了幸福的我是最痛苦的那一个,没想到母亲比我更痛苦。

　　大学毕业后,我带着相处了 3 年的男友回家见父母。父母看到男友长得挺帅气,而且说话也十分得体,都表示十分满意。可是当母亲知道男友是来自一个偏远的山村时,她的脸色立刻沉了下来。望着母亲骤变的脸,我知道我最害怕的事情终于还是发生了。

　　我送走男友后,一进门,母亲的一句话便扔了过来:"你别想跟他好!"我有些不服,回了母亲一句:"他怎么了,你凭什么瞧不起他?"母亲大概没想到在她眼中一直是乖乖女的我居然敢顶撞她,立刻对我吼道:"怎么了,翅膀硬了是不是? 跟着一个穷小子,哪会有什么好日子过?"这一句话也激起了我心中的怒火,我准备要发作。这时,一直在旁未说话的父亲咳嗽了两声,我看了看父亲,他示意我不要。我马上明白了过来:母亲心脏不好,不能受太大的刺激。我无奈地坐到沙发上,母亲见我没再顶撞她,便坐到了我的身旁,语气缓和地说:"欣儿,妈是为你好,嫁给他,你是不会有幸福的。"我低着头,一句话也不说,对着一个势利的母亲,我还能说些什么?

　　后来,男友来找过我许多次,都被母亲以各种借口拒之门外了。我不敢违背母亲的意思,更怕背上不孝的罪名。男友渐渐地也知道了我们之间是不可能的了,便与我分了手。一年后,我顺着母亲的意嫁给了门当户对的张涛。

　　我和张涛之间没有多少感情可言,婚后的生活一直平平淡淡,可是到后来我发现我们的性格极其不合,我们开始为一些小事发生争吵,吵后便彼此冷战,直到那一次,他在抽屉里发现了我珍藏多年的男友写给我的情书时,我们之间的火山终于爆发了,他动手打了我,还不停地骂我。顷刻间,我对他的种种不满也通通地涌了出来,我再也忍受不了他了摔门而去。最后,我提出了离婚,他也毫不犹豫地在上面签了字。

这次失败的婚姻让我承受了莫大的痛苦,而我把这一切都归咎于母亲身上。要不是她当初的决绝,我也不会有如此的痛苦。我开始怨恨母亲,可我不敢对她发泄,她毕竟是我的亲生母亲。于是,我只好选择离开。几个月后,我带着满腔的怨恨,只身一人去美国念书。

在异国的日子,我试着学会忘却,可是我做不到。偶尔打电话回去,一听是母亲的声音,我便不说话了。母亲也明白,会马上把话筒递给父亲。而后来,母亲也没有再接我的电话。父亲也曾多次叫我回去,而我依然无动于衷。

3年后的一天,父亲急急地打来电话,他的声音有些颤抖:"欣儿,你回来吧,你妈快不行了。"我的心猛地一颤,我从未见父亲如此紧张过,父亲见我不说话了,又接着说道:"欣儿,你也知道,你妈不是有意的。这些年来,她一直在责备自己,怪自己当初不该拆散你们而断送了你的幸福……"我倏地挂断电话,泪水如决堤而出。一直以为失去了幸福的我是最痛苦的那一个,没想到母亲比我更痛苦。我没再犹豫,匆匆准备好一切,急急地赶了回去。

当我走进病房的时候,母亲眼睛一下子亮了起来,她欲挣扎着坐起来却不料重重地一摔,我赶紧跑了过去,望着母亲,望着多年不见已白发苍苍的母亲,我的眼泪缓缓地滑落。

母亲看着我,看着怨恨了她整整3年的女儿,她的嘴唇不停地颤抖,可是一个字也吐不出。我把耳朵凑到她的嘴前,我能感觉到她那沉重的喘息声,我知道她有话想对我说,可是,她久久未能说出一个字。我看到母亲有些慌了,忽然,她在我的额头上重重地一吻。一瞬间,一种从未有过的暖流迅速涌遍我的全身。我一把抱住了母亲,激动地说着:"妈,我懂,我懂……"最后的那一道隔膜终于在一瞬间消融了。

不一会儿,我感觉到母亲的手从我的肩上无力地滑落,我松开母亲,看见母亲已经安静地闭上了眼睛,嘴角还留着一丝微笑。旁边的医生念叨着:"真是一个奇迹啊,你妈已经撑了半个多月了。"

我忽然有些后悔,后悔自己当初的绝情,世上会有什么事值得谁去恨自己的母亲,谁又知道当初的男友就一定能给我幸福,而为了那份可能的幸福,母亲却内疚了几千个日日夜夜,或许,我在心底早已原谅了母亲,只是由于我的倔强与任性,不肯再向前迈出一步……

我握着母亲苍白的手,感受着母亲给我的那最后一吻,我的心中,泪如雨下。

心 灵 感 悟

人世间的亲情是不可断绝的,哪怕有过摩擦,在某一时刻都将消融,母爱更是无私无悔。

在你心中谁最重要

三年前,我和母亲吵过一架,那是很伤感情的一架。起因是我工作太忙,忙得没有时间经常去看她,即使去看她,也是从进门那一刻起电话就不断。有一次,从她做饭开始我就在打电话,是和我的一位顶头上司,凡是在职场历练过的人都知道,这种电话的重要性。我妈的脸色越来越难看,最后几乎是把饭菜摔到桌子上。其实我已经委婉地暗示过我的上司,但是显然我的上司没有"接招儿",没有"接招儿"的原因我也能理解,因为事情压到那儿了,否则,谁愿意星期天跟下属费那么口舌谈工作?

我捂着话筒对我妈小声说明这个电话的重要性,但是老太太已经出离愤怒——她当然愤怒,她打电话到我办公室,往往才说两句话就被我挂断,在挂断之前我总是那句:"妈,我正在忙,一会儿给你打。"然后这一会儿就可能是一个小时,一天,一个星期,甚至可能是她下次再打来电话。天地良心,不是我故意的。我是真的忙,忙得连上厕所都是一路小跑。

那个星期天,我妈旧仇新恨涌上心头,说出的话,句句悲愤,如匕首如投枪,稳准狠地扎向我："你心里还有这个家吗？还有你妈吗？你妈跟你打电话，你永远忙，忙得都没有时间听我把话说完！"

我泪如雨下，对她说："现在到处都在嚷嚷，不爱加班的员工不是好员工，你让我怎么着？你以为我是公主，皇亲国戚，您是圣母皇太后，王母娘娘，您说要过生日，全国上下放假一个星期？我跟单位领导说我妈不高兴了，因为我工作太忙，他们能马上开恩让我回家陪您聊聊天、说说话，然后工资奖金还照发吗？"

那次爆发以后，我和我妈很长时间都处于冷战。

我知道我伤害了她，但是，那不是我的本意——我并没有埋怨她不是皇亲国戚或者没有家财万贯，我不能忍受的是她活了一辈子，为什么不能懂得作为小民百姓往上打拼的艰难？我照样上班，照样忙，甚至忙到连周末都搭上了，我对她的愧疚就是寄钱——我们住在同一个城市，但是我却通过中国邮政表达着我的孝心。我妈是个倔强的母亲，她给我打电话，说你心里要是没有你这个妈，就不用寄钱。我也倔强，我说我寄钱是为了自己心里舒服一些。

那时候，如果要我排个次序，实事求是地说，我心中最重的不是亲情——当然有很多人会把亲情"口头"排在第一位，但在实际生活中，他们和我一样，总是先顾及老板，再顾及客户，然后依次是朋友，同事，有价值的人……一个好朋友曾对我说，只有事业成功的人，才有资格享受亲情。那个时候，我认为他说得对。直到有一天，我忽然病倒了，病得很严重。我在医院里待了半年，身边的人最后只剩下母亲和老公。直到那一刻，我忽然明白，世界上对你最重要的人，其实就是你的亲人——无论你们之间发生过什么，有着什么样的前嫌，但是到你最困难的时候，能留在你身边，为你流泪，为你难过，为你风里来雨里去的，只有你的亲人。而其他的人，毕竟是其他的人。

心灵感悟

人在最困难的时候，能留在自己身边，为自己流泪，为自己难过，为自己风里来雨里去的，只有自己的亲人。而其他的人，毕竟是其他的人。

催人泪下的母爱

受朋友之托,我替他管理了几天"熊庄"。

我来到熊房,里面平放着六个笼子,每个笼子里都有一只萎靡的黑熊。它们身上都箍着一个明晃晃的像兜肚的东西。老张告诉我,"这是取胆汁用的,现在的熊干胆汁价格是每克 300 元。"

采胆汁开始了。我看见两个彪悍的工人麻利地绑好熊躯,在那钢兜肚的两侧各拉起一条粗大的绳子,经过一个特制的滑轮,只见熊身上的钢兜肚渐渐地收缩。突然,熊发出了歇斯底里的吼叫:"呜——"那简直不是吼叫啊,是变了形状的凄哭,只见它拼命仰着头,痛苦地瞪圆了眼睛,四个粗大的掌子在有限的空间蹬抓着地面,发出"滋拉、滋拉"地刺耳声响,瞬间那腹下的钢管里"滴答、滴答"地流出了碧绿色的液体。我看到熊的眼泪瞬时淌了下来,它竟然像人一样咬紧了牙齿,躬起了身体去承受这无休止的痛苦。

此时我才明白,夜里那声声悲叫是这些带着伤痛的熊,在难挨的暮色里发出的呻吟。

情绪稍定,我无奈地问老张:"多长时间采一次胆汁?"老张回答道:"胆汁多的一天两次,少的最迟两天要一次,一般一个熊年产胆粉 2000 克,可以采 10 年。"我的心战栗了,一天两次,10 年就是 7300 次,每次都是剜心剔骨之痛,这是个什么样的魔鬼数字啊!

我提出要回去。老张说:"一会儿要对小熊手术,这个关键时刻你不能走!"我只好跟他又回到了熊房。在他的招呼下,四个彪悍的工人围拢到了小熊的跟前,用铁链子紧紧地捆绑起一只小熊。小熊惊恐地望着大家,当它的眼神看到我时,顿时一亮,竟然"扑通"一声向我跪了下来,是四个蹄子同时跪下的……

老张摆摆手,命令开始手术,小熊失望地放声大哭"呜——"那声音凄惨极了,也失望极了,简直就是用人类的语言呼喊出来的一个"妈"字,就连那些刽子手的工人也为之一震。就在这时,一个异常震撼的情景出现了:只见笼子里的一只大熊嘶叫了一声,竟然用巨掌一点点地撑开了拇指般粗的铁笼子,飞快地蹦到了小熊的跟前,用那笨拙的巨掌去解那粗粗的链子,可怎么也解不开。大熊只好亲吻着小熊,勉强把它依偎在自己的怀里,用舌头慈爱地舔去小熊眸中的泪水,哼哼叫着去抚慰自己亲爱的孩子。小熊也像在连连叫着妈妈一样,"呜呜"地呜咽着,求妈妈救救自己。

突然,大熊狂叫着,用自己的巨掌狠狠地掐住小熊的脖子,吼叫着用尽力气掐着、掐着……直到小熊的身体软绵绵地倒下来,它才松开了自己的巨掌,它看着已经死去的孩子,呜咽着、哀鸣着,仿佛在喊:"孩子啊,妈妈救不了你,但你再也不会去受罪了,妈妈对不起你啊……"大熊开始撕咬着自己的毛发,接着一把拽下身上的钢兜肚,那钢管带着半个胆囊飞了出来,它肚子上的毛皮顿时被鲜血染红了。只见它大叫一声,疯了似的向墙壁撞去,"砰——"墙壁轰然倒塌了……

我麻木了,根本不知道自己是如何走出这个残酷的熊房的。

此时此地,熊妈妈没有能力帮助自己的孩子解脱那10年地狱般的痛苦,无奈之下,只有把创造了的爱毁掉,再去冥冥之中陪伴它、寻觅它,唯有如此,才是最少痛苦的选择。

心 灵 感 悟

在面对无法改变的境遇时,动物选择安然逝去,唯有这样才能减轻痛苦,快乐到天堂去。

母爱,一门之隔

我一直固执地认为,母亲不爱我,只要一触动关于母亲点点滴滴的记忆,似乎都是不爱的证据。

我们兄妹六人,相继选择出生在那个清贫而又缺少些阳光的家里,尤其轮到我来到这世上时,我的上面已有两个哥哥和两个姐姐了,母亲一看,是一个奇丑无比、可怜兮兮的女孩,也许从那一刻起,便定格了她对我的感情基调。

后来,我就像一棵野草,只要有阳光和雨露,就努力生长,尽管个头比同龄人小了些,但自从有了记忆,我的心事便蓬蓬勃勃,很敏感也很自卑,但只有自己懂自己。那时家里人口多,房屋少,尤其到了冬天,全家人挤在一个大炕上吸取那点有限的温暖,抵御那贫瘠而又虚空的冬天。由于人多炕少,睡觉时母亲便把我安排在脚下面,也就是说她们的落脚点就是我头的起点。每天夜里,在她们此起彼伏的吸呼声中,我睁着空洞的眼睛,想着如何好好读书,待到念出书来之后,第一个心愿便是拥有一个大炕,就一个人睡,想怎么睡就怎么睡。每天早晨唤我醒来的,当然不是母亲温柔的呼唤抑或是兄妹们亲切的叫喊,几乎都是母亲给予我的动作语言,只要她一伸腿,就会很准确地踢在我的屁股上,所以每天早晨我的小脸几乎都是在泪水里浸泡着。我不知道我的泪水在前还是母亲的"语言"在前,总之,每一轮新的太阳都在我的泪水中发出万丈光芒,而我的哭声换来的是母亲的骂声,母亲骂我命穷。我知道母亲不喜欢孩子掉眼泪,但除了眼泪,我再拿不出表明我情感的证据了,她的骂声招来的是我更响亮的哭声,有时愤怒之极的母亲便会顺手打我几下,那样的时候,我便一句话也没有。长大后,我学了"屈辱"那个词汇,我才知道那是对我哭声最准确的注解。

小学毕业那年包产到户了,家里地多人少,况且养了许多牲畜,两个姐姐很自然地撑起了半边天,母亲态度很坚决地把两个哥哥继续送进了学校,也很果断地停止了我的学业,因为那一年,我家驴子怀了骡子了,它在家中的位置远远超过了我。我以全村第一名的成绩,在老师的遗憾声中、同学们的叹息声中,牵着那头驴子走进了田野,对母亲的那份恨似乎成了一种有形的东西,压得我喘不过气来。

那段日子,我幼小的心灵感觉到了一种绝望的可怕。每天我坐在地埂上,看着驴子悠闲地啃着青草,我内心的忧伤撕裂般地疼痛。有时我坐在地埂上看书,驴子吃了别人的庄稼我浑然不觉,有时又盯着书本,脑袋处于痴呆状态,看着蓝天,看着麦田,泪水便在一瞬间奔涌而出。有时和小草对话,对白云倾诉,甚至渴望我的那头驴子和牛郎的牛一样开口说话,给我指点迷津。我甚至牵着驴子不敢经过校门口,一听到孩子们读书的声音、玩耍的声音,我的痛苦便在胸膛里熊熊燃烧,我的心便有一种灼伤的疼痛。那一刻我才明白我对读书多么渴盼,但回到家我依旧不说一句话,那一年我十一岁。

那一段日子我所有的希望便是父亲回家,也是唯一的希望。记得那天黄昏,当我踏着夕阳牵着毛驴走进家门时,看到父亲正在院子里吃饭,落日的余晖一览无余地洒在父亲柔和的脸上。父亲一脸惊诧地说:"雨儿,你怎么没去上学?"父亲那一句问话,把我心中的等待、委屈、失落、痛苦都化成滔滔不绝的泪水。那天晚上,我听到父母的争吵,我也一夜无眠,我不知道第二天会带给我什么结果。

第二天吃早饭的时候,一家人都很沉默,我知道我完了。等我拉上驴子准备出门时,父亲走过来说:"别放驴了,我送你上学吧!"我相信那句话是我一生听到的最动听的语言了。那一天,我清楚地记得,我穿着印花上衣、蓝裤子、新布鞋,走在家乡那条土路上,我觉得我步履轻快得随时都有飘飞的可能,飞扬的尘土似乎都在快乐地舞蹈着。从那以后,我住了校,也离开了母亲,似乎很少和母亲说话了。每逢周末回家,姐姐们上地里干活,母亲则上班,我便自己踩着凳子,烟熏火燎地烙干粮,打点我一周的口粮。尽管我在同学当中拿的馍馍是最黑最难看的,但是由于我学习好,没人敢轻视我,日子也便一天天拖泥带水的悄然而去了。

后来,上大学、工作、成家,一步步顺理成章地打理我的心情,也很少去理会母亲的心事。我和母亲之间在寒暄中透着几分亲近,亲近中流露着几分疏远,很多时候无所谓爱,也无所谓恨,在漂泊失意的日子里对家对母亲总有一分淡淡的牵挂。后来,直到我当上了母亲。记得那时我怀孕三个月,我回老家,母亲便显得格外高兴。那一天我想吃煮青豆,母亲便匆匆忙忙上地去了,时间不长,母亲一脸汗水,一脸喜悦,挎着一篮子饱满的青豆,洋溢着勃勃生机挑逗我的食欲。等锅里蒸腾的水气"哧哧"向外冒时,我的胃里蠢蠢欲动,我便围着锅台走来走去。母亲看出了我的焦急,便说,先从锅边上拿出几个给我吃,其余的继续煮。谁知一不小心,母亲手上烫了一串水泡,那一瞬间,我清楚地看到了母亲眼里的疼痛,我也第一次注意到了母亲的那双手是怎样的一双手,苍老得出乎我的意料,那一刻我也才发现母亲老了,母亲的皱纹一览无余地堆在眼角,白发肆无忌惮地在鬓角跳跃。我握着母亲的手,一句话也说不出来。

不久,父亲病了,三个多月,母亲一直在医院陪着,父亲一天天枯萎了,而父母又吵了一辈子,儿女们总觉得母亲应承担什么责任似的,所以只要母亲稍有伺候不周之处,我们便指责母亲,全然不去体会母亲的感受,有时甚至在医院和母亲吵。

记得那一天,父亲刚躺下,又要坐起来,母亲用尽全力让父亲坐下,刚坐下不到一分钟又嚷着要躺下,母亲一下子笑着骂起了父亲:"如今几个月,我一天寸步不离,如果以后我躺下,谁每天陪在我的身边……"母亲骂着,我心中多年的积怨一下子被点燃了,冲着母亲说:"你一辈子给过家中一点安宁吗?难道你不应该伺候吗?如果你那么担心你以后病了没人伺候,那你为什么不先走一步呢?"当我喊出这句话时,母亲一下子沉默了。

从那天起,母亲沉默了许多,病房里只有我们三人时,我和父亲说着,有时笑声中流动着泪水,有时泪水中浸泡着笑声,母亲只是在一边听着。我也想跟母亲说句话,甚至想道歉,但我单独面对母亲时,我一句话也说不出来。父亲还是一天天枯萎下去了,到后来,父亲每咳一次,咳出来的都是鲜红的血。我和母亲站在医院的走道里,各哭各的,但那一刻我觉得我们的心离得那么近,我甚至想扑到母亲怀里或者让母亲扑到我的怀里,但始终没有。父亲的生命就被他一口一口地吐血所吐光了,在我们兄妹的注视下闭上了眼睛。

那一刻,母亲在厨房里一个人哭得声嘶力竭,那是母亲永远的伤痛、永远的失败,那哭声里包含着多少内容,只有母亲一个人明白。

前段日子由于工作忙,孩子上幼儿园我没时间接送,我便给母亲打了电话,母亲匆匆赶来,每天除了精心准备饭菜之外,便一声不响地做拖鞋。有时下午,我接上孩子,孩子便撒娇地让我背,我是那种娇小瘦弱型的女子,而儿子是那种肉墩墩的大号孩子,每当我背到五楼时,母亲早已站在门口,嗔怪孩子说:"快点下来,把妈妈压坏了。"有时儿子执意赖在我的背上,母亲便显出恼怒的样子,一脸心痛的温柔,我便淡淡地说:"没那么严重。"

后来,当我晚上看书写作时,母亲便悄悄地领着孩子到另一个卧室去玩。有一天晚上迟了,我依旧听到母亲和儿子说话的声音,我刚到门口,听到儿子说:"这是第十五边了,再拉五边。"我知道他们在用扑克牌玩拉毛驴,母亲说:"再拉五边,你就答应姥姥不让妈妈背了,你看妈妈身体多瘦工作多累。"儿子说:"行。"母亲也许又怕儿子变卦,便又补充道:"来,拉钩。"

"拉钩,上吊,一百年不许变,谁变……"

当一老一少的声音在房里响起时,我突然泪流满面。我知道母爱离我并不远,就那么一门之隔……

母亲永远是最疼爱孩子的人,她们默默地表达着爱,温暖了儿女们整颗心。

在挫败中增强勇气

路过乡间一座院子,看见一个孩子正在放声大哭,妈妈心疼地在旁边安慰。

妈妈一手慈爱地搂着孩子,一手用力地拍打地板,对孩子说:"哎呀,都是这个土脚不平,害我宝贝跌倒,妈妈替你拍土脚,打它啊。"

妈妈拍地的动作非常滑稽夸张,使那哭闹不停地孩子也忍不住破涕为笑了。

我站在一旁看着这一幕,心里感到十分温馨,想到从前我的妈妈也曾如此这样安慰过我。

不只是我的妈妈,从前乡间的父母几乎都是这样安慰孩子的。

跑的时候被树枝绊倒了,就把树枝折断,说是:"坏树枝!怎么可以绊倒我的好孩子。"

走路不小心跌倒了,就打骂土地,说是:"歹土地,怎么可以害我的乖孩子跌倒。"

甚至完全没有原因跌倒,找不到什么东西可以责备,就骂风:"都是风吹得太凶,才让我的心肝宝贝跌倒。"

我们小的时候都会信以为真,以为跌倒是因为风、土地或树枝的缘故,我们也会像父母亲一样,找借口安慰自己,很少想到是自己走路不小心。

记得有一次,我在门口庭前跑步,不小心摔了一跤,头破血流。妈妈从灶间跑出来,左看看右看看,找不到可以打骂的东西,因为庭前的土地非常平,既没有树枝,也没有小石子。

妈妈怔了好长一段时间,我已经站起来了,她还怔在那里,手里拿着一支锅铲,样子有点滑稽。

妈妈看我望着她,以为我要放声哭出来,突然大声地骂风:"都是这么恶的风,吹得我儿子扑倒!"

我抚着自己头上的伤口,对妈妈说:"妈,不是因为风,是我自己不小心扑倒的。"那时,庭前确实只有灿烂的阳光,一丝风也没有。

妈妈这时笑得像阳光一样灿烂,过来检视我的伤口,欣慰地说:"你大汉子了!"

妈妈的意思是说我长大了,可以承担自己的错误与失败了。

当我们发现无论任何形式的跌倒,都是由于自己的不小心,而不是去找借口,这时我们就长大了。

我们在情感与姻缘上跌倒的时候,也像儿时一样,即使土地不平、荆棘横路、狂风暴雨,都不应该是我们跌倒的借口。最应该检视的是我们的心,去承担错误与失败。

孩子的跌倒顶多是皮肉受伤,姻缘挫败也顶多是锥心刺骨,并不会伤到情感的本质。因此,一个人不应该在爱中受伤,就失去爱的勇气,一个人也不应该因为爱的痛苦,就失去承担的心。

要寻找到生命最内在的本质,是不能有任何借口的。当我们还有借口,本质就不会显露出来。

我对自己过去情感的受伤,姻缘的挫败也没有任何借口,这都是我生命的必然之路。我也愿意承担任何的批评,并把这些批评当成石阶,走向更高的位置来回看自己的人生。

在风中跌倒,在爱中流泪,这都是人生不可避免的旅程。如果我们在每一段旅程,都能学习到更广大的胸怀,都能不失去真爱的勇气、美好的追求,一切挫折不也都有深刻的意义吗?

我站着看那拍打土地安慰孩子的母亲院口,一面忆起往事,一面想到我们人生可能永无平静之日,但我们要使心安宁,只在当下的转念之间。

心灵感悟

在风中跌倒,在爱中流泪,这都是人生不可避免的旅程。

有爱不觉天涯远

她15岁那年,父亲死于一场车祸。家里塌了半个天,她的心更是完全塌了。从小,她就是父亲最宠爱的宝贝,可是幸福从此戛然而止。那个忧郁沉闷的夏天,她封闭了自己,几乎不和任何人说话。她看着母亲依然衣着光鲜地上班下班,依然和别人谈笑自如,心就像被针尖一点点地刺了个遍。她不明白,难道父亲的离去,对母亲竟然没有一点影响吗?

母亲发现了她的自闭和忧郁,开始带她出去游玩,给她买色彩鲜艳的衣服,甚至给她配了电脑,让她寂寞的时候上网找开心。她对母亲所做的一切,只是冷冷地拒绝。母亲买的那些衣服,她一次都没有穿过,就塞进了衣柜。

父亲去世后,她的第一个生日,母亲一大早就起来上菜市场,说要热热闹闹地过,并叮嘱她放学后把要好的同学都请到家里来庆祝一下。晚上,她独自回来,看到家里流光溢彩,人声喧嚷,桌子上摆着三层的生日蛋糕,上面插着16支蜡烛。她一进门就被一群男人女人给围了起来,纷纷往她的手里塞礼物,祝她生日快乐。母亲在旁边兴奋地介绍,这是赵伯伯,这是许阿姨……母亲问,怎么没带同学回来啊?我准备了这么多菜……

这样热闹的场面,让她不可抑制地想起父亲,突然悲从中来。歇斯底里地喊了一声:"没有爸爸的生日,我不快乐!"把手里的礼物统统摔在地上,又把桌上的蛋糕砸了个稀烂,留下不知所措的母亲和一屋子尴尬的人,头也不回地跑进自己的房间,把门重重地锁上。

那天晚上,半夜的时候她起来上厕所,忽然听到一阵压抑的哭泣声。她在母亲的房门口站住,房间里的灯还亮着,母亲背对着她,肩膀一耸一耸地剧烈抖动着。这是父亲离世后她第一次看到母亲哭,她也第一次发现,原来母亲的肩膀竟是如此瘦削。她默默地站了半晌,终于走了进去,轻轻地揽住了母亲的肩头。

第二天,她起床时发现床头放着一张纸条,上面是母亲的字迹:"娇娇,爸爸在天上看着我们呢,我们娘俩儿在一起,要快乐地活着,他才会开心。有爱不觉天涯远,哪怕是隔着两重世界。"

有爱不觉天涯远,她反复地读着这7个字,泪水涌满了眼眶。

她读高三那年,因为单位的效益不好,母亲下岗了。母亲从旧货市场买回一辆三轮车,去水果批发市场批了水果回来,蹬着三轮车大街小巷地叫卖。有一次,她回家跟母亲要钱买复习资料,走过路口时,正好看到母亲的三轮车停在那里,有个人正在挑苹果。那个人一边拣苹果,一边挑剔苹果的颜色不好价格太贵,母亲谦卑地赔着笑脸,不住地说好话,那人不依不饶,称完了非要再添上两个。母亲便急了,正争执间,突然有人喊:"城管来了!"母亲一惊,钱也不要了,骑上三轮车就跑。那条街正挖暖气管道,母亲一没留神,三轮车便歪进了旁边新挖的土沟里。她看见母亲麻利地爬起来,扶正了车子,也顾不上拣地上掉落的苹果,继续蹬着车往前飞奔。

她跑过去,把地上的苹果拣了起来,看着母亲瘦削的背影飞快地消失在街角,突然蹲在地上,泪水再也抑制不住。

母亲就这样供着她,一直读了大学,又获得了全额奖学金,要出国深造。临走的晚上,她抱着枕头来和母亲一起睡。母亲把所有该叮嘱的都叮嘱了一遍,她偎着母亲,一直沉默。到开口说话,已是泪眼婆娑:"妈,我走了,你怎么办?"母亲拍拍她的头,笑着说:"傻丫头,有爱不觉天涯远,我会自己照顾自己的,等你回来,买了大房子,接我去享福。"母亲一直轻轻地笑着,可是母亲的手,却是颤抖的。

学成归来,已是两年之后,她以优异的成绩,被一家大公司高薪录用,供了复式楼房。她把母亲接来,在她装修得舒适典雅的新家,母亲欢天喜地在阳台上种满了花,把她的床单、被罩都洗了一遍。有一天夜里,她听见母亲一直咳嗽,起来去看,母亲却闭着眼睛,好像睡熟了。

第二天,母亲说想家了,要回去。她急了,说你要回哪儿?这就是咱的家啊。可是母亲执意要回,她无奈,只好送母亲回去。母亲回家后便一直剧烈地咳嗽,最后,竟咳出血来。送母亲去医院检查,竟是肺癌,已经到了晚期。医生埋怨她,怎么这么晚才送来?

怎么这么晚才送来?她一遍遍地问自己。9月的阳光灿烂耀眼,她眼里的世界却失去了颜色。

一个月后,母亲静静地去了。最后的时刻,母亲抓着她的手,嘴角翕动,她俯身上前,把耳朵贴在母亲的脸上,听到母亲很轻微的声音说:"乖……不怕……有爱,不觉天涯远……"

有爱不觉天涯远,她跪在母亲的床前,泪如雨下。

心 灵 感 悟

有爱不觉天涯远,哪怕是隔着两重世界。

母爱,竟如此惨烈

20 世纪 70 年代中期,在我们农村老家,一进入腊月,闲暇的人们便纷纷到谷场边、坟地里、老宅院里下铁夹逮黄鼬,因为腊月里的黄鼬皮最值钱。

剥黄鼬皮是个技术活儿,有经验的人多是"活剥":逮住黄鼬后,用细麻绳套住它的脖子吊在树杈上,再用小刀在黄鼬的鼻子和嘴巴的嫩皮处切个十字口,然后抓住黄鼬皮双手用力向下翻卷,随着黄鼬一声声痛苦的尖叫过后,一张热气腾腾的黄鼬皮就被完整地脱了下来。然后将事先准备好的细沙装进黄鼬皮筒里,吊在过道的阴凉处风干。一张黄鼬皮出手后,过年买肉的钱也就有了,弄好了还能再买两挂鞭炮。

那年冬天,雪下得格外勤,整个冬天地上始终铺着厚厚的积雪。一天傍晚,父亲兴奋地跑回家说发现了黄鼬脚印。

他拿起铁夹子就跑出了门,我也紧紧撵了过去。

在生产队的谷场边,父亲扫开了一小块积雪,下好夹子,将夹子伪装好,外面只露出一只烧煳的麻雀做诱饵,再用细铁丝把铁夹子固定在打场的石磙上,做好了记号后一步三回头地回家了。

那夜的风雪特别大,北风裹着雪花拍打着发黑的窗户纸啪啪作响,我缩在被窝里兴奋得难以入睡,好像嗅到了煮熟的肉香味,望见那串令人手痒的鞭炮。忽然,我看见一只小黄狗般大的黄鼬东张西望地向铁夹子处凑来。眼见得那只大黄鼬一口吞下了夹子上面的诱饵,铁夹子却没有动静,我急得直跺脚……

父亲的声音把我从梦中惊醒,看看窗纸已经透亮。

我悄悄地穿衣下炕,不顾风大雪猛,连滚带爬地向谷场边狂奔而去。

远远地望见昨天下夹子的地方黑乎乎的一片狼藉。等扑到跟前后我惊呆了,铁夹子上夹着一张卷状的黄鼬皮,却不见黄鼬踪影。

正在发呆的我又发现雪里一条醒目的暗红色印迹向场边延伸,我顾不上多想,顺着红印向前追去。追到生产队的草料房根,听见里面发出"吱吱"的微弱叫声。

破窗进去仔细翻找,发现了草窝里有四五只出生不久的小黄鼬。此刻它们正围着一个脱了皮的死黄鼬乱拱乱啃。

我翻动了一下早已僵硬的脱皮黄鼬,它腹下肿胀的奶子依稀可辨。

惨烈的场景刺激得我心头一热,直想呕吐。

原来,我们夹住了一只产后不久的母黄鼬,它为逃生不惜脱皮而去,因为它是一位母亲! 母亲的天职,促使它挣脱夹子时已将生死置之度外,已将扯皮裂肉的痛苦抛到脑后。被困后它只有一个信念:尽快与孩子团聚,尽快回去为孩子哺乳。

博大的母爱震撼得我热血沸腾,尽管棉鞋里已灌满了雪泥,我却浑身燥热。

天快大亮了,村头已有人影向这边晃来,我忙跑回谷场,取回那张黄鼬皮慢慢地伸展平整,轻轻地套在母黄鼬僵硬的尸体上,连同那副铁夹子找了个干净的地方埋了下去……

尽管那年春节我没吃到肉,也没有买到鞭炮,但1974年那个春节让我终身难忘。

 心 灵 感 悟

在危险危及到孩子时,母亲永远挺身而出,即使会牺牲性命……

有些爱,你无法还

亲爱的孩子,今晨你在桌子上留了张极简短的纸条,便奔你想要的幸福去了。我在隔壁卧室里听你哭了很长的时间,又低声给男友打电话,默默地收拾好自己的东西,准备像昨晚吵架时说的那样,彻底与这个家断绝来往,过自由自在的生活。你在纸条上告诉妈妈,你会还清22年来你欠父母的一切——以金钱的形式。

你是商学院的学生,应是比妈妈更能准确地算出,你22年来所花掉的父母的工资,甚至利息。以你的能力,妈妈也相信,你会连本带息地一并还清。可是,亲爱的孩子,你的老师忘了告诉你,任何看起来如真理一样的公式,都有它适用的范围。而在爱这一领域里,迄今还没有任何人,能够精确地算出它的价值。就像你不能仅仅凭一个拥抱,一款首饰,一句甜言,一件衣服,就认定你而今的男友,是值得你终身依靠的伴侣。因为有些爱,你看不到,也摸不着,甚至不知道,更无法偿还。爱这种东西,隐藏起来的,远远比显现在外的多得多。我和你爸爸,都不曾告诉过你,你在出生以前,所带给我们的惶恐和折磨,与你以后的二十多年,给我们的担忧和焦虑相比,相差无几。

你的出生,并没在我们的计划之内。那时你爸爸远在他乡,而我又在化学实验室工作,时常会与有毒害的物质打交道。再加上我那时心脏有点毛病,医生很坚决地要求我们将你放弃,休养几年后再作打算。我们在痛苦地一番挣扎后,还是决定,无论如何,我们也要将你留下来,哪怕要冒一辈子的风险。

你爸爸因此辞掉了待遇优厚的工作,专心地回来照顾我,只因为曾经有个医生说过,如果这十个月很精心地调理,或许没有什么大的问题。这样不十分确定的话,却让我们奉为真理,小心翼翼又一丝不苟地履行着。我们都是极热爱自己工作的人,我那时又是个有些小资的女子,对自己的形体和衣着很是在意,可是为了你能健康平安地来到这个世间,且在以后的人生路上,不因身体上的缺陷而耽误你的生活,我们放弃一切,只等待你的出生。我吃掉了你的外公、外婆、爷爷、奶奶、小姨、小姑们,从天南海北寄来的所有营养品,我婀娜多姿的形体很快便状如水桶,而肚子里蓬勃生长的你，愈加地让我斗志昂扬。但每每深夜被你"吵"醒，莫名的恐惧，还是会掠过心头。如果你真的成了有残缺的孩子，我和你爸爸将有怎样艰辛的一生？可我还是慢慢地安慰自己，上帝给的，就是最好的，不管你带给父母的是明亮还是灰暗，我们选择了你，就永远都不会将你放弃。所以后来你无数次地让父母伤心，你逃课、早恋、与人打架，你在愤怒的时候说会恨我们一生，你漠视我们的关心和期望，你在昨天又义无反顾地要与并不让父母放心的男友同居，我都觉得可以原谅。因为我曾拿了一生的幸福作为赌注，还有什么不能够让我去宽容？这样的付出，与你记事起看得见的关爱与操劳，是一样的不能算清且偿还的。

那十个月的煎熬，或许而今的你，还无法深刻地体会。而今你所能认识到的爱，只是你男友的山盟海誓，甜言蜜语，只是他对你没有任何保证可言的激情与吸引，只是他一句"我带你走"的虚空的豪言。或许他会慢慢地成熟，切切实实地在细碎的日子里给你体贴和呵护，可是至少，他的那句"帮你还清所欠父母的一切"，确实是一个不知道责任与爱到底是什么的轻狂少年才会说出的话。

亲爱的孩子，我并不想阻拦你们的爱情，我亦相信，这样的激情之恋，对于你是一个必经的阶段，你会从中慢慢成熟，且重新认识爱与生活。我只是想让你知道，有些爱，确实是无法计算且还付的，而真正的爱，亦不是写在脸上，挂在口边或嵌在缤纷多姿的玫瑰与物质里的，它从来都是隐在最深处，像洋葱一样，一层层地剥开，会让你流泪……

心灵感悟

真正的爱，它从来都是隐在最深处，像洋葱一样，一层层地剥开，会让人泪流……

第三辑 / 有一种爱润物无声

父爱和母爱同样伟大，只不过它比母爱更含蓄，更深沉，甚至不易察觉，但它却渗入生活的点点滴滴。

心 之 歌

很久以前,一个健壮的男人娶了他梦寐以求的女士为妻。婚后他们生了一个小女孩,小女孩聪明活泼,她父亲非常疼爱她。

小女孩还很小的时候,她父亲常会将她抱在怀里,嘴里哼着优美的曲调,带着小女孩在房间里跳舞,并对她说:"我爱你,宝贝。"

当小女孩渐渐长大,父亲仍拥抱着她说:"我爱你,宝贝。"小女孩则会撅着嘴说:"我已经长大了,不再是小孩了。"父亲就笑着说:"在我的眼里,你永远都是小孩。"

后来,已经长大的小女孩离开了父亲,离开了家,走入了社会。当她对自己有了更深的了解后,也就越加了解自己的父亲,她意识到父亲是真正健壮而坚强的人,他是那样善于向家人表达自己的爱意,无论小女孩走到世界的哪一个地方,他都会打电话对她说:"我爱你,宝贝。"

有一天,已经长大的小女孩得到消息,父亲中风了,并伴有失语症,今后他再也不能说话了,甚至听不懂别人的话。他再也不能欢笑、走路、跳舞、与人拥抱或告诉已经长大的小女孩,他爱她了。

就这样已经长大的小女孩回家看望父亲,当她走入房间时,发现父亲已无昔日的健壮,显得格外憔悴而虚弱。男人看到已经长大的小女儿,想要对她说话,却又说不出来。

女孩唯一能做的就是来到床边,伸出双臂绕住父亲的臂膀。那一刻,她的泪水夺眶而出。

她将头靠在父亲胸前,想起了很多事情——幼时与父亲共同度过的快乐时光,以及父亲无微不至的关爱所给予她的安全感,而今却都成了回忆,令她悲伤不已。

接着她听到父亲心脏跳动的声音,那里蕴藏着多少优美的歌曲与温馨的话语啊!虽然他此刻身患重病,但心脏却仍有力地跳动着,女儿就那样入神地听着,突然,奇迹出现了,她竟从父亲的心脏中听到他再也不能用嘴诉说的话语:

我爱你,宝贝!

我爱你,宝贝!

我爱你,宝贝……

 心 灵 感 悟

父爱默默无闻,却深深打动孩子的心。

没 空 相 处

有一天,我的儿子出生了。

他很可爱,但是我没有时间陪他。

我要挣钱养家,我要出人头地。

我不在他身边时,他学会了走路;我知道他会说话时,他已经能说长句子了。他对我说:"爸爸,我长得像你,我长大后会像你一样。"

我摸了一下他的脸颊算是回答,然后夹起公文包往外走。儿子抱住他心爱的猫,抬头问我:"爸爸,你什么时候回家?"

"哦,说不准。不过,爸爸有空一定陪你玩,我们一定会玩得很开心的。"

我儿子十岁那天,我送给他一个篮球作为生日礼物。他说:"谢谢爸爸。我们一起玩吧。你能教我打篮球吗?"

我说:"今天恐怕不行,我还有许多事情要处理呢。"

"那好吧。"他说,然后转身离开,脸上没有显出失望。他很坚强,越来越像我了。

儿子从大学放暑假回家了。他魁梧挺拔、朝气蓬勃,完全是一个男子汉的模样。我对他说:"儿子,你让我感到自豪。你能坐下来和我说一会儿话吗?"

他摇摇头,笑着对我说:"暑假长着呢。我约了同学出去兜风,你能把车子借给我用一用吗?"

我点点头,儿子高兴地说了一句:"谢谢,再见!"便跑出了家门。我退休了,儿

子也结了婚,搬出去住了。有一天,我给他打电话。

我说:"如果可以,我想见见你。"

他说:"爸爸,我很想去看你,但是今天恐怕不行。我还有很多事情要处理呢。"

我忽然感到这些话是那么的熟悉。是呀,儿子长大了,他真的很像当年的我。我抚摸着怀里的猫,最后对着话筒问道:"儿子,你什么时候回家?"

"哦,说不准。不过,我有空一定会去看望你的,我们一定会谈得很开心的。"

但愿不要让这样的事情在你的生活中发生,因为人生只有一次,不能重来。

心灵感悟

人生只有一次,不能重来。

摔碎的心

灾难,在我未出生的时候就已经开始了。

我出生的时候就与众不同,苍白的脸色和淡淡蓝色的眉毛让一些亲朋纷纷劝慰我的父母,将我遗弃或者送人。但我的父母却坚定着我是他们的骨肉,是他们的宝贝,用丝毫不逊色的爱呵护着我,疼爱着我。

我5岁大的时候,深藏在我身体内的病魔终于狰狞着扑向我,扑向我的父母。在一场突然而至的将近40度的高烧中,我呼吸困难、手脚抽搐,经医生的极力抢救,虽然脱险了,但也被确诊患有一种医学上称之为"法乐氏四联症"的先天性心脏病,这是目前世界上病情最复杂、危险程度最高、随时都可能停止呼吸和心脏跳动的顽症。

我在父母的带领下开始了国内各大医院的求医问诊,开始了整日鼻孔插导管的生活。我的父母仿佛一下子都苍老了许多,但他们丝毫没有向病魔低头的意思,他们执拗地相信着奇迹会在我的身上发生。很快,家里能够变卖的都变卖了。我还很天真地问母亲,为什么我的鼻子里总要插着管子,母亲告诉我,因为我得了很怪的感冒病,很快就会好的。

就这样,我到了上学的年龄,我的"感冒"依然没有好,父亲将我送进了学校。我喜欢那里,那里有很多的小伙伴,还有许多的故事和童话,最重要的是,那里没有医院的味道。

虽然因为身体虚弱,坐的时间稍久,我的胸里就会闷得十分难受,我只好蹲在座位上听课、看书、写作业……偶尔在课堂上发病,我就用一只手拼命地去掐另一只胳膊,好不让自己因为痛苦而发出喊叫,我要做一个强者。尽管我常常会昏厥在课堂上,但临近小学毕业的时候,我家里的墙壁上还是挂满了我获得的各种奖状。

16岁那年的暑假,我又一次住进了北京的一家医院,我终于从病历卡上知道了自己患的是一种几近绝症的病。

死亡的恐惧是不是能够摧垮一切呢?

那天晚上,父亲依然像以往一样,将我喜欢的饭菜买来,摆放在我床头的柜子上,将筷子递给我:"快吃吧,都是你喜欢吃的……"我克制着自己平平静静,可绝望还是疯狂地撕扯起我来,我放声地哭了起来。

哭声中我哽咽着问父亲:"你们为什么一直骗我?为什么……"

父亲在我的哭问中愣怔着,突然背转过身去,肩膀不停地抖动起来……

接下来的整整三个夜晚,我都是在失眠中度过的。

第四天清早,我将自己打扮整齐,趁没有人注意,悄悄地溜出了医院。我知道医院不远处有一家农药店,我要去那里买能够了结我生命的药物。我可以承受病魔的蹂躏,但我无法忍受父母被灾难折磨的痛苦。而我唯一能够帮助父母的,似乎只有杀掉病魔,而我能够杀掉病魔的唯一方法就是结束我的生命。

就在我和老板讨价还价的时候,父亲从门外奔了进来,一把抱住我。我什么都看不到了,只感觉到父亲浑身都在抖颤着,我知道,父亲一定是在哭泣……

那一晚,家里一片呜咽,而父亲却没有再掉泪。他只是在一片泪水的汪洋中,镇静地告诉我:"我们可以承受再大的灾难,却无法接受你无视生命的轻薄。"

因为爱父母,我想选择死亡;而父母却告诉我,爱他们就应该把生命坚持下来。

三天后,在市区那条行人如织的街路旁,父亲破衣褴褛地跪在那里,脖子上挂着一块牌子,牌子上写着:"……我的女儿得了一种绝症,她的心脏随时都可能停止跳动,善良的人们,希望你们能够奉献你们的爱心,帮助我的女儿走过死亡,毕竟她还年轻,只有 16 岁啊……"我是在听到邻居说父亲去跪乞后找过去的。

当时,父亲的身边围着一大群人,人们看着那牌子,窃窃议论着,有人说是骗子在骗钱,有人就吐痰到父亲身上……父亲一直垂着头,一声不吭。我分开人群,扑到父亲身上,抱住父亲,泪水又一次掉了下来……

父亲在我的哀求中不再去跪乞,他开始拼命地去做一些危险性比较高的工作,他说,那些工作的薪水高,他要积攒给我做心脏移植手术的费用。心脏移植,这似乎是延续我生命健康成长的唯一办法。但移植心脏就意味着在挽救一个人生命的同时,结束另一个人的生命啊!哪里会有心脏可供移植。可看着父亲坚定的眼神,我不敢说什么,也许这是支撑他的希望,就让他希望下去吧!我能给父亲的安慰似乎只有默默地承受着他的疼爱。

直到有一天,我在整理房间的时候,从父亲的衣兜里发现了一份人身意外伤亡保险单和他写的一封信。那是一份给有关公证部门的信件,大意是说,他自愿将心脏移植给我!一切法律上的问题都和其他人没有任何关系……

原来,他是在有意接触高危工作,是在策划着用自己的死亡换取我健康的生命啊!

我一个字都说不出来,只有泪水滂沱而落。那天晚上,我和父亲聊天到很久,我回忆了自己这些年和病魔"拔河"的艰难,更多的是我从他和母亲身上领略到的温暖和关爱。我告诉父亲:"生命不在长短,要看质量,我得到太多太多来自你和妈妈给的爱了,就是现在离开这个世界,我也会很幸福地离开……"

父亲无语。星月无语。

一天,我从学校回来,不见父亲,就问母亲。母亲告诉我:"你爸爸去公证处公证,想要把他的心移植给你,表示他是自愿的,和任何人都没有关系,可这是要死人的事情。公证处的工作人员没有受理,他又去医院问医生去了……"

母亲说着,流着泪。我的心就揪扯着疼了起来。我知道,那是因为父亲太重的爱挤压的疼痛。而我能做的,却只能是听任父亲。

那天晚上,父亲一脸灰暗地回来了。我看得出,一定是医生也不同意他的想法。

父亲不再去咨询什么移植的事情,开始垂头工作了。只是,依然是那些危险性很高的工作。我渴望生命的延续,但我更渴望父亲的鲜活。

我的心里多少有了些安慰,以为一切都会在自然中继续下去。

7个月后的一天,我将近40岁的父亲在一处建筑工地抬玉石板的时候,和他的另一个工友双双从5楼坠下。我赶到医院的时候,父亲已经没有了呼吸。听送他到医院的一些工友们讲,父亲坠下后,双手捂在胸口前……我知道,我知道,父亲在灾难和死亡突至的刹那,还惦挂着我,还在保护着他的心脏,因为那是一颗他渴望移植给我的心脏!

而原因只是因为我是他的女儿。

父亲的心脏最终没有能够移植给我,因为那颗心脏在坠楼时被摔碎了。

 心 灵 感 悟

父亲在灾难和死亡突至的刹那,还在惦挂着孩子,并保护着自己的心脏,因为这一颗心脏无比珍贵,充满了父亲对女儿的疼爱。

父爱的符号

父爱中蕴藏着的,是太阳的光泽,是莽莽苍苍山林的气息。无须语言,甚至无须何种方式,父爱,只默默生成,慢慢积淀,静静流淌……

入狱改造几年了,对家人的思念与日俱增。同监犯人之间常传阅家信,算是分享亲情吧。我也因此看过很多别人的家信,常使我感慨心酸。

最让我感动的,还是一名皖北籍犯人的家信。他家人称他为狗伢。

狗伢家住几千里外的一个偏远山村,父母都是聋哑人。因为穷,村里几乎没有人读过书,能把一封信念出来的大概没几个。而要动笔写信,只有求离家几里外的那所学校的唯一一名老师。他父母一个大字不识,想求人写吧,儿子坐牢实在不是什么光彩的事。所以给他写信,便是家中一件大难事了。

狗伢刚入监时,看到别人捧读家书时那种陶醉的神情,羡慕地不得了。可他知道家里的情况,只好深夜蜷在床板上暗自垂泪。

就在那年冬天,狗伢那思子心切的聋哑父亲,卖掉家中仅有的一头年猪,从几

千里外风尘仆仆地赶来广东探望他。当时别人喊他有人探望,他死也不信,直到值班干部亲自来喊,狗伢才相信这是真的。

一个心焦难语的山里老人,一个思亲欲疯的囚子,我实在想不出这样一对久不见面的父子,会用一种什么样的方式表达自己的心情。

狗伢接受探望回来时,带回一包焦黄喷香的小咸鱼干,这是他聋哑的父亲千里迢迢送来的唯一一点东西。好长一段时间,狗伢都舍不得吃。听他讲,这种比小拇指还小的鱼是他家乡的特产,每年只有秋天才会出现,而想要逮住它,只有垂钓。不知道他父亲钓了多久,才能攒上这么一大包。

一天晚上收工后,狗伢照例拿出那包放了好久的鱼干,坐那儿发呆。有个广东犯人嘲笑他说:"这不是我家喂热带鱼的鱼食吗? 难道你爸是卖鱼食的,卖不完才拿给你!"气得狗伢要跟他拼命,大家劝说了好半天,直到广东犯人道歉,才平息了狗伢的怒气。

事隔不久,狗伢拿了封信神秘地找我说:"喂,给你看看我的信。"

展信一看,我呆住了! 一张千皱百褶沾满汗渍的 32 开田字格的背面,竟没有一个字,只画满了千奇百怪的图案。看我丈二和尚摸不着头脑,狗伢说这是他爸上次探望时与他约定好的交谈方式。

原来,探望那天,哑父比画着家里太穷,以后不能常来看他,想他时就会给他写信。狗伢吃惊父亲什么时候学会写字了。哑父忙"解释":画个"小狗"就是喊他狗伢;画个"○"就是家中一切安好;画个"△"就是家中有事……狗伢不忍扫父亲认真欢喜的兴致,忙从政府发的零用钱账户上买了 50 个信封和邮票,写上自己的名字和监狱的地址。这样,只要他父亲在纸上画上一些相关的图案,往里一装就行了。

看着那满页似像非像的图案,我实在不忍想象,一个白日在田里劳累了一天的老人,晚上佝偻着身子,借着昏黄的灯光,用那双握惯了锄杆的龟裂大手,笨拙地捏着笔,吃力地一笔一笔画着……那是一幅怎样的景象啊!

我禁不住流泪了,这是我第一次为不相干的人流泪。

从那以后,每隔一个月,狗伢总能收到一封哑父寄来的别人无法看懂的家书。后来,信中又多了些新内容:比如春天,信里还会夹一朵桃花或一片油菜叶——狗伢就知道家里的桃花开了,油菜也长高了;秋天,信封里会装进几粒饱满黄灿的稻谷——他就知道家里的收成很好;在寒冬到来时,父亲常常会画上一件肥大的棉袄——那是父亲在叮嘱他:天冷了,别忘了加衣。

年复一年，一封又一封家书源源寄来，没有一封是画"△"的。

可是这期间，狗伢的母亲去世了，父亲抱病在床，房子被洪水冲倒了……是父亲用一双有力的大手，把一个个"△"押成一个个"〇"，用宽宏深沉的爱，为狗伢撑起一片亲情的晴空。

良知一点点被唤醒，灵魂一点点被净化，那年5月，狗伢立功减刑提前出狱了。

临别前夕，狗伢对我说："志坚，把我爸这几年写的信留给你作个纪念吧！别忘了，不论在哪里，都有一个牵挂我们的家。你也要早点回家呀。"

捧着这被狗伢视为命根子的沉甸甸的父爱，我久久无语。是啊，我也该回家了。

心灵感悟

即使"残缺"的父亲，在心中充满爱想要表达的时刻，也会有奇迹发生。

父亲的尊严

新生入学，某大学校园的报到处挤满了在亲朋好友簇拥下前来报到的新同学。送新生的小轿车挤满了停车场，一眼望去好像正举行汽车博览会。

这时，一个衣衫褴褛的中年男人出现在保安的视野中，那人在人群里钻出钻进，粗糙的手里拎着一只发黑的蛇皮袋，神色十分可疑。正当他盯着满地的空饮料瓶出神的时候，保安一个箭步冲上去，揪住他的衣领，已经磨破的衣领差点被揪了下来。

"你没见今天是什么日子吗？要捡破烂也该改日再来，不要破坏了我们大学的形象！"

那个被揪住的男人与其说害怕不如说是窘迫，因为当着这么多学生和家长的面，他一时竟说不出话来。这时，从人缝里冲出一个女孩，她紧紧挽住那个男子黑瘦的胳膊，大声说："他是我父亲，从乡下送我来报到的！"

保安的手松开了，脸上露出惊愕的表情。不错，这位农民来自湖北的偏僻山区,他的女儿是他们村有史以来走出的第一位大学生。他本人是个文盲,十多年前曾跟人到广州打工。因为不识字,看不懂劳动合同,一年下来只得到老板说欠他800元工钱的一句话,没有钱买车票,愣是从广州徒步走回鄂西山区老家,走了整整两个月!在路上,伤心的他暗暗发誓,一定要让三个女儿都读书,还要上大学。

女儿是老大,也是第一个进小学念书的。为了帮家里凑齐学费她8岁就独自上山砍柴,那时每担能卖5分钱。进了中学后住校为节省饭钱,她6年不吃早餐,每顿饭不吃菜只吃糠饼,为节省书本费,她抄了6年的课本……

他绝对想不到会在这个心目中最庄严的场合被人像抓贼似的揪住。当女儿骄傲地叫他父亲,接过他的化肥袋,亲昵地挽着他的胳膊在人群中穿行的时候,他的头高高地昂起来。那是一个父亲的尊严,也是一个人的骄傲。

报到结束了,他一天也不敢耽误,而且他的路比别人都要遥远,因为他将步行回到小山村。

不过,这一次步行,他会比一生中的任何一次都要快乐,因为心里充满了希望。

心灵感悟

孩子有成就,父母也会为此而骄傲。

礼物不如理解

谢总事业有成,经营一家拥有五百名员工的科技开发公司。平时忙于做生意,父亲节那天,为一表女儿的孝心,她特设宴为父亲庆贺。

亲朋好友集聚一堂,喜气洋洋,置身其中的年过七十的老父亲笑得顾不上吃饭。这也是谢总最希望看到的。她走到父亲身边明知故问:"爸爸,你高兴不?"

"高兴,高兴!"老父亲拍着手掌。

"为什么高兴?"谢总还想逗父亲开心。

"因为你生日啊!"父亲大声说道。

在场的人都听到了,谢总想纠正父亲的话,但欲语又止,黯然神伤。

自从她的小妹妹出嫁后,家里剩下年老的爸妈,父亲便开始不爱说话了。不知道什么时候起,他记性变差了,每天到了傍晚时分就打电话给她:"你怎么还不回家?"开始,谢总不解地反问道:"我没有说过要回家呀!"后来到医院检查得知,父亲得了老年痴呆症。

父亲什么也记不起来了,只知道天黑的时候催女儿回家,有人请他吃饭,他就觉得那天是女儿的生日。

看上去,父亲很快乐,因为他把烦心事都忘记了,他甚至把自己也忘记了。但女儿很悲伤,因为即使她待在父亲身边,父亲仍然会看着门外,问她,她怎么没有回家——这成为他留在记忆里无法实现的最后的记忆,挥之不去。

一掷万金为父亲庆贺,不如在天黑的时候常回到父亲身边。谢总非常后悔。

在2005年的父亲节上,看到报上有"没有父亲的父亲节"的文章,令人想象那些父亲不在身边或者已经失去父亲的孩子,他们是如何过父亲节的。这样的角度远比在父亲节时请父亲吃饭或者说声:"父亲,我爱您!"甚至在报上登一则给父亲的贺语,更有意义。

在"没有父亲的父亲节"里,通过回忆,让父爱洗涤心灵,更能感受到父爱的温暖。与父亲在一起时,我们理所当然地享受着父爱而让父爱迷失了,只有在离开父亲独处的时候,我们才能发现爱与真理,然后更好地回到父亲身边,回到我们的亲人身边,这是爱的最好方式。

回忆是为了思索今天,我们常在失去的时候才会倍感珍惜。但愿,今天的思索能使我们的明天过得更有价值和意义。

其实,节日本身就是一份礼物。

心灵感悟

在"没有父亲的父亲节"里,若是通过回忆,让父爱洗涤心灵,我们更能感受到父爱的温暖。

第 18475 支香

那年金日熙才 12 岁,南北朝鲜战争爆发。他从战机的咆哮声中捡回了一条小命,从此定居于白头山附近的一个小乡镇,与祖母相依为命。

金日熙听从祖母的话,每天清晨点燃一支香,祈求双亲平安无恙,身体健康。父母亲被内战的炮火轰击得不知去向,存亡未卜。他们虽然住在一个"不信神"的国度,但是祖母不理会这些,六十年的信仰无论如何改变不了。不必问他们从哪里弄到祈祷的香。

金日熙每日点燃一支香,虔诚的一支香。

当他 32 岁时,已经点燃了 7300 支了。祖母由于上次在内战时受了内伤,屡医不愈,已经在十多年前进入地府,追随她那被敌人的炮火轰得粉碎的丈夫去了。金日熙没有因为祖母已经不在人间而忘了为父母祝福。爸妈的安危,像一条百年老虫,日日啃嚼着他的心肺。

金日熙仍然是每日点燃一支香,虔诚的一支香。

当他 52 岁时,已经点燃了 14600 支香。那时他已经是一名高干了。但是他无论如何忘不了父母的音容。他尤其记得,少儿时发生过一次严重的水灾,整个村镇汪洋一片。他一个人躲在茅屋顶,死抓住屋角的硬木不放。渐渐地支撑不住了,眼看就快要被急流冲去了,这时正在与洪水奋战救人的爸爸忽然泅近,把儿子从死神手里夺了回来,接到高地。祖母、爸妈、孩子抱头痛哭。这一幕,不时在他的眼帘显现。

金日熙仍然是每日点燃一支香,虔诚的一支香。

当他 62 岁时,已经点燃了 18250 支香了。那天红十字会带给他一个莫大的喜讯:他的双亲被证实仍然健在,住在离韩国首都不远的一个农村。屈指一算,父母亲都已经跨过 90 大关,垂垂老矣。所幸他们还在人间,感谢上苍!

这年 5 月间,金日熙被选中可以参加平壤探亲团前往汉城(现改名为首尔)。他欣喜若狂。他多么想当天就能够飞到南方去拜见父母呀!

公元 2000 年 8 月 15 日早上,金日熙肃穆地点上了第 18475 支香。他正襟危坐,默默祷告,为即将能见到那思念了超过50年的老父老母而万分高兴!

随后,金日熙和其他99位朝鲜人飞抵汉城机场。他手里执着一帧已经变得灰黄的黑白照片。照片里共有三个人:一对快乐的年轻夫妇抱着一个天真烂漫的小男孩。那时的妈妈,既光鲜又美丽!他静候着那即将到来的一刻。

探亲团一进入预定的会场,几百名等候者立即站起来。霎时会场一片混乱,"欧妈尼!""欧爸吉!"的呼唤声此起彼落,哭声震动云霄。

好不容易看见人群中有一位被簇拥着地坐在轮椅上的老人,白发苍苍。在旁人的指点下,金日熙快步奔向前,直视着轮椅上的老妇人,喉咙里发出一个又悲又喜地问句:"妈妈,是你吗?"

坐在轮椅上的老妇人挣扎着要站起来。她昏眊的老眼似乎认出了那个已经进入老年的儿子,那个无日不挂在唇边的亲生骨肉!

金日熙紧握着妈妈那双干枯龟裂的手。他双脚一软,徐徐地跪了下去,老泪纵横,仔细端详母亲的脸。在他的心目中,今日的"欧妈尼"那是更为光鲜,更为美丽!

金日熙兀地站了起来,游目四望,大声道:"爸爸呢? 爸爸为什么不见?"

没有人给他一个正面的答复。

在红十字会的安排下,金日熙驱车直往汉城郊外。他一定要见到爸爸。等了半个世纪,日日祷告,点燃了18475支香,还跨越过了比登上月球还要困难的藩篱,他一定要见到爸爸!

抵达目的地时,没有人出来迎接他。他心急地直向屋里冲去。他没有看见"欧爸吉"。唯一迎接他的是悬挂在堂屋正中的一幅照片,照片中有一位慈祥的老翁在微笑,案前香火袅袅。

金日熙霍地跪下,大声号啕。他望着那位微笑的老翁,猛捶胸膛,继而吐出了发自肺腑的哀音:"爸爸啊,孩子来迟了!"

心灵感悟

日夜期盼的父亲,最终是没能见到,但儿子对父亲的爱却是无人能及、无法阻挡。

我将继续挡下去

秋日里那个星期天,难得男人有了空闲。他带着自己5岁的女儿去动物园玩。

看了猴子、孔雀、狗熊、骆驼、锦鸡和长颈鹿后,他们都有些累了,开始往回走。经过狮子洞的时候,女儿突然叫嚷着要看狮子。

男人笑笑,说,好。

灾难就是这样降临的。

他们倚着狮子洞上方的铁栏逗着狮子。那个位置,只能看到狮子的后背。5岁的女儿咯咯得笑着,把脑袋探得很近。男人想提醒女儿小心,可没等来得及张嘴,就看到女儿一头栽了下去。父亲慌忙伸手去抓,可是他什么也没抓到。

那段铁栏杆突然断了。女儿是抓着那段铁栏杆掉下去的,空中她惊恐地叫了一声"爸爸"!后来动物园的负责人说,那几天连绵秋雨,让那段陈旧的铁栏杆,加快了腐蚀的过程。

掉下去的女儿似被摔昏,她躺在那里,紧闭着双眼。男人大叫,妞妞你没事吧,妞妞你没事吧?他的喊声没叫醒女儿,反而惊动了狮子。狮子懒洋洋地站了起来,先是看一眼落在它不远处的不速之客。然后,它突然兴奋起来,直奔女孩而去。

周围的人急了,有人慌忙拨打110,有人跑去找动物园的驯兽师,还有人高叫着,试图赶开正一步一步逼近女儿的狮子……

没有用。现在狮子距离那个昏过去的女孩,仅剩一步之遥……

这时,男人突然做了一个让所有人都目瞪口呆的举动。他纵身一跃,跳了下去……

他正好落在女儿与狮子中间。

男人重重地摔倒,可是他马上爬起来。他没有看自己的女儿,只是狠狠地盯着狮子。周围一下子安静了下来,人们甚至可以清晰地听到男人和狮子怦怦的心跳……

也许是他的镇定让狮子不安,也许是他的样子让狮子恐惧,总之,在对视了几秒钟之后,狮子竟然慢慢地转过身,快步而去。

所有人都长舒一口气。剩下的事,就是他们静静地等在那儿,直到动物园来人把他们救出去。

可是,故事到这里并没有结束。事实上,故事才刚刚开始……

女孩突然醒了。醒后的女孩看着陌生和恐怖的一切,竟"哇"地大哭了起来。于是,刚刚躺下的狮子再一次被激怒,它慢慢地站起来,然后,向女孩直扑过去!

狮子的血盆大口,此时距女孩的头,只剩分毫。父亲看到了狮子暗红的舌头和闪着寒光的牙齿……

男人迅速推开自己的女儿!他伸出自己的右臂,挡在狮子面前。其实这时他更像是把胳膊友好地递到狮子嘴里,也许那时男人在想,只要狮子的嘴里咬了什么东西,那么它就会静下来吧?它就不会继续伤害自己的女儿了吧?当它啃噬自己胳膊的时候,动物园的驯兽师们,也许就会赶过来了吧?

他能够感觉到狮子的利齿深深地扎进他的骨头。狮子咬着他的右臂,兴奋地甩着头,男人被抛起,然后重重地跌落,狮子再一次盯着他的女儿。此时女孩已经退得很远,脸色苍白,似乎已经吓得忘记了哭泣。

狮子一步步紧逼过去……

男人再一次爬起来,再一次扑向狮子,再一次在狮子呼着腥气的血盆大口距女儿仅剩分毫的时候,伸出胳膊挡在狮子面前。

这次是左臂。他的右臂已经动弹不得。他就那样伸出左臂,似乎要友好地送给狮子一顿晚餐。狮子愣了一下,再一次咬住了他的胳膊,开始疯狂地撕咬……

动物园的驯兽师终于赶来了。他们用两个麻醉枪才将狮子击倒。

男人躺在医院里,他两只胳膊的肌肉都被狮子撕烂,鲜血淋漓,并且严重骨折。有人问他,那个时刻,为什么要用自己的胳膊阻挡狮子?男人认真地想想说,不知道。那时由不得多想,大概只剩下本能吧,父亲保护女儿的本能吧。

是的。那时仅剩下父亲的本能。而不必去细想,为女儿挡住的是一抹刺眼的阳光、一粒微小的灰尘、一辆飞驰的汽车、还是一头凶猛的狮子?

可是,假如动物园的人没有及时赶到,你还将怎么办呢?那个人继续问他。

那么,我将继续挡下去……用左腿、用右腿、用胸膛、用脑袋。男人轻描淡写地说。

做父母的永远有一种保护子女的本能。

新娘出嫁的前夜

他俩坐在门廊的石级上,相互偎依着。在饱经风霜的古树干上,月亮的光华映出一个叠套着的影子。明天,婚礼就要举行,那个洋溢着激动与困惑、泪花与笑语的时刻正在步步走近。明天,他们将无暇这样独处了,而安宁和静谧的此刻却依然归他们享有。

她说:"多么宁静呀!"她凝视着头顶上肃穆的云朵,目光滑向银波幻动的大海。他盯着她看,觉得自己从没有发现她竟这么美。起风了,海浪刷刷地轻抚着沙滩。"你知道吗?"她说,"我一直猜测着在婚礼的前夜自己的心情会是怎样的,是忧心忡忡的,是激动不安,是心乱如麻或者还有其他什么别的感觉?"

"你感到忧心忡忡吗?"

"噢,当然不。"她迅速回答,冲动地抱住他的胳膊,脸蛋贴在他的肩膀上,"可能,只不过觉得有几分神圣吧。半是庄严,半是快乐;觉得长成大人了,又觉得更年轻了;又是高兴又是伤感。你明白我的意思吗?"

"是的,"他说,"我懂。"

"我认为,这全都是由于爱情。"她说,"那个亘古永存的话题。我们从来没有细谈过它,是吗? 我指的是,关于爱情本身。"

他微微一笑:"我们没有谈过。"

"我感觉到有一种欲望,就是现在,"她说,"我极想告诉你,我是怎样感觉到爱情的,你愿意听吗? 就在此刻,在明天来临之前。"

"过了明天再说有区别吗?"

"区别倒没有。只是那时我可能永远无法表达出来了。它可能深深地落到心灵的深处,没法再表达了。"

"好吧，"他说，"就谈谈爱情吧。"

仰面注视着一片正追逐月亮的云朵，她开始说："爱情，对我来说是光华灿烂的物体，像金色的火焰，像银色的云雾。爱，悄悄地降临，你既不能命令它，也不会否认它。爱情来临之际，你既难以辨清，又难以触摸，但你却可以感觉到它在你心中，它在你和你所钟情的人的周围。你变了，万物也变了。爱情使色彩迸发出光芒，爱情使音乐更甜美，爱情使好玩的事物更加有趣。普通的语言也不够用了，你搜肠刮肚寻觅探求，唯恐不能直抒胸臆。于是你开始读诗，或许自己也写起诗来……"

她往后靠了靠，双手搂住膝盖。月光在她的脸上跳跃闪烁，如痴如醉。

"噢，爱情，要经历多少快乐才能体验；夜间在暗处愉快地溜达，守着电话，等铃声响起的期待；打开装饰着鲜花礼盒的激动；电影院中手儿拉着手儿，悲伤的小调也能唱得那么快快活活；还有雨中双双漫步，乘敞篷车兜风，让风儿吹着头发飘呀飘。当然，也有争吵斗嘴，再重归于好。清晨醒来，心中怀着脉脉温情，深夜告别，回味着丝丝热吻……"

她猛地停住了，看着他，目光略显孤寂凄楚："这一切早已是老生常谈了，是吗？"

"哪怕是的，"他温柔地回答，"也不能说明这并不是千真万确的呀。"

"也许，我显得傻里傻气。"她满腹狐疑地说，"你也是这么看待爱情的吗？"他好一会儿默不作声。最后终于开口了："我想对你所说的做一些补充。"

她用双手托住下巴："说，我听着。"

他接过她递过来的烟斗，擦去面颊上一颗细细的沙子："爱体现在许多小小的事情上。你说得对，我还可以数出一些不那么炫目耀眼、但又十分重要的细节，它们滋养着……"

她看着他瘦削的手指开始往烟斗里装填烟丝。"给我举几个例子。"她说。

"很多很多。如下班时，知道家里有人等候着你或者在家等候人回来；给予或接受赞扬，哪怕言过其实；分享逗乐，哪怕没有什么可笑的；一块儿种树看它成长，一块儿陪伴生病的孩子，一块儿回忆纪念日……我是否把爱情描绘得太枯燥无味啦？"

她没有回答，只摇了摇头。

"你所说的每一件事都是爱情的一部分，"他继续说，"但是，你要知道，爱并不仅仅是甘美、是快乐，还包括失望和悲痛。爱，是生活的勇气和智慧，你如果精疲力竭，爱能使你重新振作；爱是容忍，是宽厚，你将最终打破自我和利己的茧……你将逐渐地承认、宽恕不足之处——别人的和自己的。爱使你牺牲个人的某些追求,而将它移植到下一代身上……"他的声音在寂静的夜空中飘荡。

良久,她终于开口:"你所说的是生活,还是爱情?"

"你会发现两者互相依存,缺了一方,另一方也就所剩无几了。"

"什么时候你开始明白这些的呢?"

"好些年了……你母亲去世之前。"他的手抚摸着她闪亮的柔发,"你最好睡觉去,孩子。明天是你的大喜日子了。"

她突然搂抱着他:"噢,爸爸,我舍不得你。"

"傻话!"他说,"我能常常看到你的,现在回屋里去吧。"

她走了,可是他还在那儿坐了很久,很久,在那月色里。

心灵感悟

爱并不仅仅是甘美、是快乐,还包括失望和悲痛。爱是生活的勇气和智慧,生活与爱情,互相依存,缺一不可。

唢呐声声父爱浓

我6岁那年,母亲死了。我清晰地记得,母亲临终前,眼角挂着一滴泪。那滴泪在秋阳下抖动着、闪烁着,含满了对我和哑巴父亲的牵挂。

母亲走后,生活的重担落在了哑巴父亲的肩上。父亲每天做"豆花脑",来维持我们父子的生活。每天深夜,在昏暗的灯光下,父亲艰难地推着沉重的石磨转圈,洁白的豆浆从磨缝间流出,豆大的汗珠总使他的衣服湿透。磨完豆浆后,父亲还要把豆浆装入瓦缸,端上锅,生起火,在灶台边守候两三个小时。

天不亮,父亲便出发了,挑着担子,领着我,走街串巷地卖"豆花脑"。父亲不能叫卖,只能吹一把破旧的唢呐来招揽生意。那凄凉而又悠扬的唢呐声伴我度过了童年。那时,我很喜欢看父亲吹唢呐时的样子,高昂着头,精神而有力,像巨人一样高大。

可渐渐的,上学后的我每当和同学们在一起的时候,总有人用手做唢呐状,发出怪叫。我的脸一阵红一阵白,我知道他们在学父亲。从那时起,害怕被同学笑话的我再看父亲吹唢呐,已经没有了儿时的感觉,我开始尽量躲避跟父亲在一起。一次,几个同学一边学父亲吹唢呐,一边胡乱比画着,我气极了,扑上去与他们厮打起来。结果被打得满脸是血,哭着跑回了家。

父亲看到我这个样子,连忙拿着毛巾跑来,边擦边比画着问我,怎么了?

我一把推开父亲,大声地向他喊:"你为什么是个哑巴?你为什么不能像别的孩子的父亲那样说话?"父亲虽然听不见我说什么,但他被我的表情惊呆了。他似乎从我的脸上读出了什么,默默地站在了一旁。

那夜,父亲吹了整整一夜的唢呐,那唢呐声中带着哭泣,似乎在诉说着什么……

以后的日子里,父亲卖"豆花脑"也开始尽量避开我上学的路,我知道,父亲一定是不想让儿子伤心。而那时的我却只有一个愿望,就是赶快考上高中,去城里读书。那样,谁也不知道我有一个哑巴父亲了。

终于,我以优异的成绩考上了县上的高中,一个多月才回一次家。每次回家,父亲都会打量我许久。每当他伸出手,想抚摸我时,又会怯怯地缩回去,他害怕我的拒绝及冷淡的目光。父亲脸上常写满失望,眼睛里闪过痛苦、无奈、悲哀……他老了,身体也不如从前了,但是为了供我念书,他仍旧每天赶做"豆花脑"。父亲一直记得母亲的牵挂,要让孩子上大学。

此时的我也常在心里为自己的自私、虚荣感到难过和惭愧,却一直没有对父亲说出口……

高二那年的冬天,我感冒了,周末没有回家。星期天中午,我正在宿舍里躺着,忽然,从远处传来了熟悉的唢呐声。那么熟悉,难道是父亲?我跑出宿舍,此时,天上正飘着雪花。

在学校门口,我看见了父亲。父亲已被白雪覆盖,如同一座洁白的玉雕。寒风卷着雪花,不停地拍打着父亲单薄的身子,父亲在寒风中瑟瑟发抖。他用冻得红肿的手紧紧握着唢呐,边吹边向校园里张望着。

看见我,父亲显得很兴奋,唢呐吹得更响了。唢呐是父亲的"嘴",父亲在向我

"诉说"着他的爱、他的关心、他的挂念……

听看门的大爷说,父亲天不亮就来了,那时,雪下得很大。县城离家里有三十多里路,我不知道父亲是怎样走过那弯曲不平的山路的。看门的大爷不能和父亲交流,只能让他站在门外。这一站,就是整整一个早上。所以父亲才吹起了唢呐,他知道,儿子应该最熟悉这个声音。

我想把父亲带回宿舍,让父亲暖和暖和。可是父亲没有动,他只是从上到下,仔仔细细地打量着我。然后比画着问我:"同村的孩子说你病了,我不放心,来看看。"父亲望了望我,又比画着:"我一会就走,不进去了,免得让同学知道。"

我感到一阵揪心的痛,悔恨的泪涌出了我的眼睛。我无法体会父亲此刻的心情,但我知道,那是酸涩的。我比画着告诉父亲:"没关系,我要让所有的同学知道,我有一个多么好的父亲。"

父亲的眼中除了惊喜之外,还闪着晶莹的泪光……

后来我终于实现了父亲的梦想,考上了大学,但是父亲的担子却更重了。每次给父亲写信,我都会说上一句:爸爸,你的唢呐声是我听过的世界上最美丽的声音,我会常记在心,活出个人样来!

命运的不公使父亲失去了说话的能力,使他不能用语言表达他对儿子的爱。但他的举止却让我深深体会到了——父爱无价。

心灵感悟

父亲虽不能用语言表达对儿子的爱,但他的行动却深深地打动了儿子的心,让儿子体会到父爱无价。

天堂里的电话号码

好友的手机丢了。

她趴在桌上哭,眼泪哗啦啦地怎么也止不住。

的确,手机很漂亮,粉红色外壳拴了粉红色的中国结。可是我知道,好友不会仅仅为一个手机而如此伤心。

一个礼拜过去了,我俩一起吃饭,冷不丁地她问我:"你相信天堂里有电话吗?"

"你打算给我讲童话故事吗?"我笑着问。

"我相信。"她低着头轻轻地说,"我就有一个,可是那个号码和我的手机一起丢失了,这个号码是我天堂里的爸爸的。"

她父亲一年前死于癌症。

"刚上大学,很多同学都有手机,我没有。同学笑着聚在一起玩手机时,我只能默默地走开。爸爸知道后说给我买了一部,我们在商场一眼就看中了那部手机,都喜欢那种机型和颜色。爸爸说,就买这个,很像我女儿!"

对面的她完全沉浸在对父亲的回忆里。

"我的电话簿里第一个号码就是我爸的,有时淘气的我会拨爸爸的手机,通了响两声就挂掉,阴谋得逞似的笑笑。如果手机占线,我就知道爸爸正在忙。"

"手机买了不到一个月,爸爸就住院了……"

去年,她请了几天假,再来上课时手臂上多了一条黑色的挽纱。

"爸爸落葬后,我去电信局注销了爸爸的手机号,可我保留了手机里的这个号。每天睡觉前我总要拨这个手机号码,那头开始总是忙音。'哇,爸爸,你在天堂还要加班吗? 要注意休息呀,我睡了,你也要早点睡啊……'

每天夜深,我会对着忙音说这些话。碰到困难时,我听到忙音觉得那是天堂里的父亲给我的鼓励。过了一段时间,电话那头变成'此号码不存在'。爸爸,你为什么把号码漫游到天上去了呢? 你还记得我吗? 你的女儿还在想你呢。"

这天晚上我打了个电话回家,当那头响起父亲苍老的"喂"时,我的眼睛突然有了潮湿的感觉。

心灵感悟

虽然父亲已离开人世,但是女儿和他一起生活的回忆,却是永远抹不掉,也忘不了的。

最大的音乐是无声

辽宁北部有一个中等城市——铁岭,在铁岭工人街街头,几乎每天清晨或傍晚,都可以看到一个老头儿推着豆腐车慢慢地走着,车上的蓄电池喇叭发出清脆的女声:"卖豆腐,正宗的卤水豆腐! 豆腐咧——"

那声音是我的。那个老头儿是我的爸爸。爸爸是个哑巴。直到长到二十几岁的今天,我才有勇气把自己的声音放在爸爸的豆腐车上,替换下他手里摇了几十年的铜铃铛。

两三岁时我就懂得了有一个哑巴爸爸是多么的屈辱的事情,因此我从小就恨他。当我看到有的小孩儿被妈妈使唤着过来买豆腐,却拿起豆腐不给钱就跑,爸爸伸直脖子也喊不出声的时候,我不会像大哥一样追上那孩子揍两拳,我只会伤心地看着那情景,不吱一声,我不恨那孩子,只恨爸爸是个哑巴。

尽管我的两个哥哥每次帮我梳头都疼得我龇牙咧嘴,但我还是坚持不再让爸爸给我扎小辫儿了。妈妈去世的时候没有留下大幅遗像,只有出嫁前和邻居阿姨的一张合影,黑白的两寸照片,爸爸被我冷淡的时候就翻过支架方镜的背面看照片,直看到必须做活儿了,才默默地离开。

最可气的是别的孩子叫我"哑巴老三"(我在家中排行老三),骂不过他们的时候,我会跑回家去,对着正在磨豆腐的爸爸在地上画一个圈儿,中间唾上一口唾沫,虽然我不明白这究竟是什么意思,但别的孩子骂我的时候就这样做,我想,这大概是骂哑巴的最恶毒的表示了。

第一次这样骂爸爸的时候,爸爸停下手里的活儿,呆呆地看着我好久,泪水像河一样淌下来,我是很少看到他哭的,但是那天他躲在豆腐坊里哭了一晚上。那是一种无声的悲泣。

因为爸爸的眼泪,我似乎终于为自己的屈辱找到了出口,以致以后的日子里,我会经常跑到他的跟前去,骂他,然后顾自走开,剩他一个人发一阵子呆。只是后来他已不再流泪,他会把瘦小的身子缩成更小的一团,猥在磨杆上或磨盘旁边,显出更让我瞧不起的丑陋样子。

　　我要好好念书,上大学,离开这个人人都知道我爸爸是个哑巴的小村子!这是当时我最大的愿望。我不知道哥哥们是如何相继成了家,不知道爸爸的豆腐坊里又换了几根新磨杆,不知道冬来夏至那磨得没了沿锋的铜铃铛响过多少村村寨寨……只知道仇恨般地对待自己,发疯地读书。

　　我终于考上了大学,爸爸头一次穿上 1979 年姑姑为他缝制的蓝褂子,坐在 1992 年初秋傍晚的灯下,表情喜悦而郑重地把一堆还残留着豆腐腥气的钞票送到我手上,嘴里哇啦哇啦地不停地"说"着,我茫然地听着他的热切和骄傲,茫然地看他带着满足的笑容去通知亲戚邻居。当我看到他领着二叔和哥哥们把他精心饲养了两年的大肥猪拉出来宰杀掉,请遍父老乡亲庆贺我上大学的时候,不知道是什么碰到了我坚硬的心弦,我哭了。

　　吃饭的时候,我当着大伙儿的面儿给爸爸夹上几块猪肉,我流着眼泪叫着:"爸,爸,您吃肉。"爸爸听不到,但他知道了我的意思,眼睛里放出从未有过的光亮,泪水和着散装的高粱酒大口地喝下,再吃上女儿夹过来的肉,我的爸爸,他是真的醉了,他的脸那么红,腰杆儿那么直,手语打得那么潇洒!要知道,十八年,他从来没见过我对着他喊"爸爸"的口型!

　　爸爸继续辛苦地做着豆腐,用带着豆腐淡淡腥气的钞票供我读完大学。1996年,我毕业分配回到了距我乡下老家 40 华里的铁岭。

　　安顿好了以后,我去接一直单独生活的爸爸来城里享受女儿迟来的亲情,可就在我坐着出租车回乡的途中,车出了事故。

　　我从大嫂那里知道了出事后的一切——过路的人中,有人认出我是老涂家的三丫头,于是腿脚麻利的大哥二哥大嫂二嫂都来了,看着浑身是血不省人事的我哭成一团,乱了阵脚。最后赶来的爸爸拨开人群,抱起已被人们断定必死无疑的我,拦住路旁一辆大汽车,他用腿扛着我的身体,腾出手来从衣袋里摸出一大把卖豆腐的零钱塞到司机手里,然后不停地划着十字,请求司机把我送到医院抢救。嫂子说,一生懦弱的爸爸,那个时候显出无比的坚强和有力!

　　在认真地清理伤口之后,医生让我转院,并暗示哥哥们,我已没有抢救价值,因为当时的我,几乎量不到血压,脑袋被撞得像个瘪葫芦。

　　爸爸扯碎了大哥绝望之间为我买来的丧衣,指着自己的眼睛,伸出大拇指,比画着自己的太阳穴,又伸出两个手指指着我,再伸出大拇指,摇摇手,闭闭眼,那意思是说:"你们不要哭,我都没哭,你们更不要哭,你们的妹妹不会死的,她才20多岁,她一定行的,我们一定能救活她!"

医生仍然表示无能为力,他让大哥对爸爸"说":"这姑娘没救了,即使要救,也要花好多好多的钱,就算花了好多钱,也不一定能行。"

爸爸一下子跪在地上,又马上站起来,指指我,把手扬得高高的,再做着种地、喂猪、割草、推磨杆的姿势,然后掏出已经空的衣袋,再伸出两只手反反正正地比画着,那意思是说:"求求你们了,救救我女儿,我女儿有出息,了不起,你们一定要救她。我会挣钱交医药费的,我会喂猪、种地、做豆腐,我有钱,我现在就有四千块钱。"

医生握住他的手,摇摇头,表示这四千块钱是远远不够的。爸爸急了,他指指哥哥嫂子,紧紧握起拳头,表示:"我还有他们,我们一起努力,我们能做到。"见医生不语,他又指指屋顶,低头跺跺脚,把双手合起放在头右侧,闭上眼,表示:"我有房子,可以卖,我可以睡在地上,就算是倾家荡产,我也要我女儿活过来。"又指指医生的心口,把双手放平,表示:"医生,请您放心,我们不会赖账的。钱,我们会想办法。"

大哥把爸爸的手语哭着翻译给医生,不等译完,医生已是泪流满面——父亲那疾速的手势,深切而准确的表达,谁见了都会泪下!

医生又说:"即使做了手术,也不一定能救好,万一下不来手术台……"

爸爸肯定地一拍衣袋,再平比一下胸口,意思是说:"你们尽力抢救,即使不行,钱一样不少给,我没有怨言。"

伟大的父爱,不仅支撑着我的生命,也支撑起医生抢救我的信心和决心。我被推上手术台。

爸爸守在手术室外,他不安地在走廊里来回走动,竟然磨穿了鞋底!他没有掉一滴眼泪,却在守候的十几个小时里起了满嘴大泡!他不停地混乱地做出拜佛、祈求天主的动作,恳求上苍给女儿生命!

天也动容,我活了下来。但半个月的时间里,我昏迷着,对爸爸的爱没有任何感应。面对已成"植物人"的我,人们都已失去信心。只有爸爸,他守在我的床边,坚定地等我醒来!他粗糙的手小心地为我按摩着,他不会发音的嗓子一个劲儿地对着我哇啦哇啦地呼唤着,他是在叫:"云丫头,你醒醒,云丫头,爸爸在等你喝新出的豆浆呢!"

为了让医生护士们对我好,爸爸趁哥哥换他陪床的空档,做了一大盘热腾腾的水豆腐,几乎送遍了外科所有医护人员,尽管医院有规定不准收病人的东西,但面对如此质朴而真诚的表达和请求,他们轻轻地接了过来。爸爸便满足了,更有信心了。他对他们比画着说:"你们是大好人,我相信你们一定能治好我的女儿!"这期间,为了筹齐医疗费,爸爸走遍了他卖过豆腐的村子,他用他半生的忠厚和善良赢得了足以让他的女儿穿过生死线的支持,乡亲们纷纷拿出钱来,而父亲也毫不马虎,用记豆腐账的铅笔歪歪扭扭却认认真真地记下来:张三柱,20元;李刚,100元;王大嫂,65元……

半个月后的一个清晨,我终于睁开了眼睛,我看到一个瘦得脱了形的老头,他张大嘴巴,因为看到我醒来而惊喜地哇啦哇啦大声叫着,满头白发很快被激动的汗水濡湿。爸爸,我那半个月前还黑着头发的爸爸,仅半个月,便似老了二十年!

我剃光的头发慢慢地长了出来,爸爸抚摸着我的头,慈祥地笑着,曾经这种抚摩对他而言是多么奢侈的享受啊。等到半年后,我的头发勉勉强强能扎成小刷子的时候,我牵过爸爸的手,让他为我梳头,爸爸变得笨拙了,他一丝一缕地梳着,却半天也梳不出他满意的样子来。我就扎着乱乱的小刷子,坐上爸爸的豆腐车改成的小推车上街去了。有一次爸爸停下来,转到我面前,做出抱我的姿势,又做个抛的动作,然后捻手指表示在点钱,原来他要把我当豆腐卖喽!我故意捂住脸哭,爸爸就无声地笑起来,隔着手指缝儿看他,他笑得蹲在地上。这个游戏一直玩儿到我能够站起来走路为止。

现在,除了偶尔的头疼外,我看上去十分健康,爸爸因此得意不已。我们一起努力还完了欠债,爸爸也搬到城里和我一起住了,只是他勤劳了一生,实在闲不下来,我就在附近为他租了一间小棚屋做豆腐坊。爸爸做的豆腐,香香嫩嫩的,块儿又大,大家都愿意吃。后来,我给他的豆腐车装上了蓄电池的喇叭,尽管爸爸听不到我清脆的叫卖声,但他是知道的,每当他按下按钮,他就会昂起头来,满脸的幸福和知足,对我当年的歧视竟然没有丝毫的记恨,以至于我都不忍向他忏悔了。

我常想:人间充满了爱的交响,我们倾听、表达、感受、震撼,然而我的哑巴父亲却让我懂得,其实,最大的音乐是无声,那是不可怀疑的力量,把我对爱的理解送到高处。

人间充满了爱的交响,我们倾听、表达、感受、震撼,将我们推送至意境的高处。

那一天,我终于读懂了爱

那已经是很多年前的事了,我上四年级时的第一个星期。那天放学之后,我从学校出来,沿着联合大街向市中心爸爸的修鞋店走去。然而,在到达他的修鞋店之前,伍尔沃斯连锁店的橱窗像磁铁一样吸引了我的目光。橱窗正中显著的位置上摆放着一个红色格子花呢的书包。书包上那红色鲜艳的塑料手柄在秋日明亮的阳光下闪烁着绚丽多彩的光芒。书包的前面是一个嵌入式的铅笔盒,它的开口处镶着一条有着黄色拉环的拉链。我靠近橱窗,把脸贴在玻璃上,以便能够看清楚它上面的那两个扣环。它们也是用那种红色鲜艳的塑料做的,而且它们被恰到好处地安装在书包的盖子上。"如果我能有个这样的书包,那我不也就像珍妮特和我们班上其他女孩子一样了吗?"我想。但是,我知道那是不可能的,爸爸从来都没有说过要给我买这种书包。

想到这,我气愤地从肩头把我的那个褐色的书包滑了下来,然后使劲将它摔到我前面的人行道上。在这明媚的秋阳下,这个皮书包一点儿光泽都没有,而书包上那黄铜做的扣环也是那么黯淡,没有一丝闪光。此刻,它就这么静静地躺在人行道上,像一头又老又丑的母牛,横亘在我和橱窗里的那个红色格子花呢书包之间。我的书包是爸爸自制的。

然而,无论我怎么苦思冥想,也想不出一个合适的理由对爸爸说我不想要他给我做的这个书包。最主要的是那个红色格子花呢书包要 3.98 美元一个,我想我们可能买不起。

第二天早晨,当我醒来准备去上学的时候,我感到非常为难。因为今天,珍妮特邀请我们班级所有的女孩放学后到她家里去喝下午茶。在这之前,我不仅从来没有喝过下午茶,而且也从来没有去过珍妮特的家里。我不想背着这个破书包去她家里。在我们班里,她是一个很讨大家喜欢的女孩,而且她还拥有我们每一个人想要的任何东西。不仅如此,珍妮特还拥有一头漂亮的金色鬈发,她住在郊区的一栋单门独院里。她的爸爸在一家大公司里工作,并且还有自己的办公室。珍妮特也有一个从伍尔沃斯连锁店买来的配有铅笔盒的红色格子花呢书包。

那天上课的时间好像特别长,没有尽头似的。终于,好不容易熬到了放学,我们8个女孩一起来到了珍妮特的家里。哦,这一趟我真是不虚此行,大开了眼界。她的家比我所想象的还要漂亮。看着她家豪华的装饰,我感到自己就像是在拜访一位公主似的。

珍妮特的妈妈端着一个银质的茶壶,帮着她为我们倒茶。而我们则几乎都在等待着吃饼干。就在这时候,门开了,珍妮特的爸爸走了进来。

"嗨!爸爸!"珍妮特张开双臂向他跑去迎接他。他没有看珍妮特,只是心不在焉地用手轻轻地拍了拍她的头。"哎,别把我的衣服弄皱了。"他一边说一边向后退了一步。

"哦,嗯,对不起,爸爸。"珍妮特说,"您想见见我的朋友吗?"

"我没有时间。"他不耐烦地说,同时,打开公文包,从里面掏出来一摞报纸。

"凯瑟琳,"他对着珍妮特的妈妈粗鲁地问道,"我们家今天要干什么?"

他指的是我们。

"罗恩,"珍妮特的妈妈道歉说,"我知道你想说什么——不过,请原谅这些女孩子们。"她说着离开了餐厅走进厨房。

顿时,这间漂亮的餐厅成了珍妮特父母争吵的回音室。

"你应该知道,我回到家里喜欢安静。"珍妮特的爸爸嚷道。

"是的,我知道,但是,这一次,我认为你不应该介意。"珍妮特的妈妈争辩道。

"如果我回到家里没有一个和睦安静的环境,又怎么能够指望我养家挣钱呢?我想让那些小孩立刻离开这儿!"

接下来,珍妮特的妈妈就没有作声了。然后,厨房的门"砰"的一声关上了,并且,我们听到沉重的脚步声向楼上走去。

一会儿,珍妮特的妈妈回到了餐厅。"姑娘们,我非常抱歉打断你们,"她低着头,眼睛不敢看着我们任何一个人,满怀歉意地说,"现在,大家赶快把饼干吃完,然后你们可以到珍妮特的房间里去玩,等你们的父母来接你们。"

于是,我们只好默默地吃完饼干喝完茶,然后又默默地走到珍妮特的房间里去了。珍妮特的床上盖着镶有荷叶边的床罩,窗户上挂着带有皱边的落地窗帘。不仅如此,她还有一台电视机、一台收音机和一台电唱机。长那么大我还从来没有见过这样的房间——真是太漂亮了。

看着看着,我又想起了自己的房间——在我那个墙上涂着廉价的、略有点晃眼的粉红色油漆的窝里,地板上铺着破烂不堪的油布,家具也都是别人用过的旧家具。我环视着这里,几分钟前,我还对它艳羡不已,而现在只让我感到畏惧。

我的思绪不禁又回到了那个下午。那天,当爸爸伸出双臂紧紧拥抱我的时候,他身上的粗布围裙把我的脸都磨疼了,想到这我不禁抬起双手揉搓着我的脸颊,我又想到了那块苹果卷饼,爸爸每次只买一块给我吃,而他自己却从来都不舍得吃一口。而且,不论他每天有多少鞋子要修理,他总是要抽出一些时间和我说话,对爸爸来说,我好像是最重要的人。他总是慈爱地看着我,问长问短。

这时,我的目光正好落在了珍妮特的那个红色格子花呢书包上,它正放在白色的写字台上。我情不自禁地伸出手去,满怀羡慕地抚摸着那个漂亮的红色塑料手柄。但是,我突然发现,它的上面布满了一道道划痕,不仅如此,那用来固定背带的铆钉也因为书籍太重的缘故而被拽了出来。仔细想来,这个书包,其实就像珍妮特的生活一样,并不是那么完美。

就在那一刻,我突然非常想回到家里去。我想和我的家人们一起围坐在厨房的桌子旁,大家一边吃着硬皮面包,一边开心地笑着、聊天儿……就这样,我一边想着,一边焦急地盼望着爸爸快点儿来接我。

许多年过去了,我仍然珍藏着那个破旧的皮书包。爱,不是来自于银质的茶壶里——当然,也不是来自于红色格子花呢的书包上。有时候,它却来自于一间不大的房间,来自于一块特意准备的苹果卷饼,当然,也来自于那个自制的褐色的皮书包上——因为,那上面的每一针每一线都是用爱缝起来的啊!就在那天,我终于明白了,爸爸对我的爱就像他用来给我做书包的那块皮子一样坚韧,一样真实。

心灵感悟

父亲坚韧不拔且真实,让人感动不已。

一滴泪落下需要多长时间

一滴泪落下，到底需要多长时间？我不知道。我只知道，父亲的一滴泪落下来，花了七天七夜。

从来没有见过父亲落泪，除了那唯一的一次，以前没有过，以后也再没有见到。都说天有不测风云，这句话对于刚过三十六岁生日的父亲来说再合适不过了。那一年的春天，母亲突然患了精神分裂症，父亲一时不知所措。看一眼身边的三个孩子，最大的十三岁，最小的才六岁；再看一眼家徒四壁的家境，一时间父亲真正陷入了孤立无助、悲痛绝望之中。

父亲呆呆地坐在堂屋的角落里，呆呆地看着母亲在堂屋中间哭闹，呆呆地看着瞧热闹的人从他面前来来去去，呆呆地看着三个儿女在旁边畏缩成一团，陪着母亲低泣。他就这样坐着，一句话也不说，脸上一点表情都没收有，慢慢地，眼圈红了。我分明看见一滴眼泪出现在父亲的眼眶中，眼看就要落下，但终究没有落下，因为父亲已经站起来，走到堂屋中间，把哭闹的母亲从地上扶起来，扶到凳之上坐下，又客气地对瞧热闹的人说："不要影响她休息，大家请回吧。"然后，父亲打来一盆热水，缓缓地为母亲洗去脸上、头发上和衣服上的灰尘，最后把母亲抱到里屋，哄她睡觉。等父亲将母亲安顿好，已是深夜，当他看到我们三个子女因为饥饿、困倦和害怕缩成一团睡着时，又迅速走进厨房开始做晚饭。不知过了多久，我像是在梦中，被一股诱人的饭菜香味馋得流口水时，突然开眼一看，果真见父亲做了好几个菜，正准备叫我们吃饭呢。

第二天一大早，父亲就托人带信给离我家不远的两个舅舅，叫他们过来商量救治母亲的事。两个舅舅看到正在房间里哭闹的母亲，都怔住了。父亲说："我打听了，长沙有家精神病院，听说不错，我想带她去那儿医治。但需要乘车一天一夜才能到达，这么远的路程我一个人带她去确实很困难。你们是知道的，我没有兄弟，三个孩子都这么小，帮不上忙，所以只有看你们谁能抽出时间，和我一起把她带到长沙治病。"两个舅舅听了，良久沉默。大舅舅先开口："那得多少钱？"父亲说："最少要带两百块钱。"大舅舅接着问:"你有多少钱?"父亲顿时脸色黯然,不无伤感地说:"我现在只有十几块钱,全家只有这么多钱了,希望你们能帮一把。"

又是久久沉默。小舅舅这时开口了:"我们回去考虑一下。"一丝失望马上掠过父亲的心头,还能怎么说呢,只有让他们回去考虑了。两个舅舅头也不回地走出我们的家门。

舅舅走后,父亲呆呆地坐了好久好久。没办法,他又托人带信给城里的两个姑妈,请求她们回来一趟。

第三天一大早,小姑妈回来了。父亲又把对舅舅说的话对小姑妈说了一遍。小姑妈说了声好,说应该治疗,但转口说:"我给二十块钱,你再到其他地方想办法借些钱吧。"小姑妈当时的工资是每月六十块。二十块钱管什么用呢?父亲只有苦笑,发自内心的一声苦笑,这就是所谓的姐弟情深吗?小姑妈给了钱,没多逗留,便回城了。

第三天下午,两个舅舅又来了。没有带一分钱来,而带了一个道士来,也不知哪里请的道士。舅舅说:"先不忙跑那么远治病,说不定是中了邪,我们请了道士来镇邪。"道士镇邪?镇什么邪?父亲欲哭无泪,一句话也说不出来,茫然地看着道士在屋子里挥舞,茫然地看着门口一大堆瞧热闹的人。道士挥舞了一会儿,说了声可以了,就拿着道具出门走了。折腾这一阵,母亲竟愈发哭闹起来。不是镇住邪了,而是使病情加重了。两个舅舅没再说什么,也出门走了。

第四天傍晚,大姑妈才从城里回来。她在家待了一晚,第二天一大早就回城了。走的时候,给父亲留下十块钱。

大姑妈走后,整个上午父亲坐在房里没吭一声。两个舅舅考虑来考虑去,没有回音;两个姑妈都是施舍性地给一点钱,来了就走。难道说这就是所谓的兄弟情、姐妹情吗?难道说真要应验周围人说的"家破人亡"的结局吗?母亲还在哭闹,父亲只是漠然地坐着。良久,良久,父亲的眼圈又红了,一滴泪水又出现在父亲的眼中,但这滴泪水依然没有落下来,因为父亲已经站起来,低沉地说了一句:"我出去借钱。"说完就出门了。

父亲在外面整整跑了两天,总是吃完饭把母亲安顿好再出门,到点的时候赶回来做饭,照顾母亲和我们三个孩子。第七天晚上,父亲回来的时候,把所有的钱拿出来清了一遍,包括向高利贷借来的钱,一共是一百九十一块钱。父亲轻声说了句:"明天可以出门了。"

直到这个时候父亲才突然想起来,他和母亲走了,三个孩子在家怎么办呢? 三个孩子都这么小,而他这一次外出寻医不知道哪一天能回来,怎么办呢?

父亲看一眼姐姐,再看一眼哥哥,又看一眼我,嘴巴动了一动,没有说出话来,脸上满是无奈和伤感。这时,姐姐开口了:"爹,你准备明天到长沙去吗?"父亲点点头,轻声说:"是的。"姐姐没再说什么,走过去把哥哥牵过来,又搂着我过来,三个人一起站在父亲面前。父亲疑惑地看着姐姐,不知道她要干什么。这时,姐姐开口了:"爹,你放心带娘去看病吧,我知道你是担心我们三个在家没人照顾。爹,你不要担心,我已经长大了,会照顾好两个弟弟的,我还会督促他们好好学习的。"父亲听着姐姐尚带奶声奶腔的话,张大了嘴看着她,他不敢相信,这些明事理的话,竟然出自一个孩子之口。这时哥哥开口了:"是的,爹,我们会自己照顾自己的,你放心带娘去看病吧。"父亲的眼神由吃惊变平静,又由平静变悲凉,他低下头来,伸出手摸摸我的脑袋,把我拉过去搂在怀里。依偎在父亲怀里,我拉着他的手轻声说:"爹,我在家会听话的。"瞬间,父亲的眼睛红了。不是眼睛红了,而是眼眶里涌满了泪水,一滴一滴的泪水正从父亲的眼里夺眶而出。整整七天七夜,这滴泪水才从父亲的眼中滴落下来。父亲从我们三个幼小的、懂事的孩子身上看到了生活的希望,看到了治愈母亲疾病的希望,那是感动的泪水、欣慰的泪水、希望的泪水,怎能不流下来呢?

第二天一大早,父亲就带着母亲出门了,走到远远的拐弯处,回过头来看一眼站在门口的我们姐弟三人,什么也没说,然后转过头去,头也不回地走了。那泪水,也从姐姐、哥哥和我的眼中无声地滑落了下来。

心灵感悟

在面对家庭突如其来的不幸时,父亲不仅冷静而且坚强,想尽办法解决母亲看病问题,当孩子说出一番懂事的话语时,父亲坚强的心也被摧垮了,看到了生活的希望。

　　对于每个人而言，最亲的人除了爸爸、妈妈、爷爷、奶奶以外，就是兄弟姐妹了，我们一起享用着爸爸妈妈及长辈的爱，一起长大，一起经历生活带给我们家的酸甜苦辣……我们曾经经历过太多太多，或者说我们有太多的曾经了，我们之间有着千丝万缕的联系，剪不断也理不清。

弟弟的爱

每当我坐在全市最豪华的写字楼里，看着街道上忙忙碌碌的人们，都会有种特别的感觉。谁能想到，不过才十几年，我就从一个山沟里背着干粮上学的孩子，变成了这家独资公司的白领，开着新买的"赛欧"，西装革履地出入高级场所。而这一切，其实都源于一场灾难。

我13岁那年，一场大水毁了老家整个山村，等我被人从树上救下来后才知道，全家只剩下我和同父异母的弟弟两个人。父母和家里那座破房子，早被洪水不知冲到了什么地方。

我感到了前所未有的绝望。以前虽然家里穷，但是我学习好，完全有可能到大山外面去上学，然后飞出这个穷地方。可现在一切都破灭了。而我那个同父异母的弟弟，从小就粗野鲁莽，不爱学习，却因为后母的偏心便能得到更多的疼爱，我一直不喜欢他。

不久，乡干部带来一个中年人，说是父亲的一个远房弟弟，我们的叔叔。我感觉一下子有了希望，叔叔一定会把我们带出去的。谁知，叔叔却说自己家没有多大的能力领养我们兄弟俩，只能带一个走。我心里刚燃起的希望一下子又破灭了。弟弟长得又高又壮，假如让叔叔挑选，八成不会选我。可第二天，叔叔却给弟弟留下一点钱，要带着我走。弟弟哭着跟我们走到村口，我也哭了，可自私的心让我不敢回头去看，我害怕叔叔会改变主意。

卡车开动了，透过灰蒙蒙的后窗，我看到弟弟跟在后面边哭边跑。卡车越开越快，他的身影也越来越小，最后终于看不见了。

跟着叔叔到了省城，日子过得并不好。虽然他家没有孩子，可是婶子经常在家里指桑骂槐。不只是我，叔叔也一样整天的被她骂。不管怎样，我都一直忍着，只要能让我上学。

我终于顺利地考上了北京一所重点大学，因为成绩优秀，还没毕业就被现在的独资公司抢先聘用了。很快，我在市中心按揭贷款买了一套大房子。那时婶子已经去世,我把叔叔接了过来。

就在我对生活充满希望的时候,弟弟突然出现了。当我看着眼前这个穿着黑棉袄、满脸胡子,已经完全成了农民的弟弟时,心里忽然涌起很多愧疚。虽然这么多年我没怎么想起过他,可看到现在俩人的差距,我还是觉得对不起他。

弟弟住下了。

他吃饭时蹲在地上,说话扯着大嗓门,并把我刚装修的家搞得一塌糊涂。最糟糕的一次,我喜欢的一个女同事来家做客,他居然盯着人家看半天,还一边傻笑,吓得那女孩夺路而逃。第二天,全公司都知道我有一个山里来的兄弟。而那个女孩再也不肯答应我的约会,她说她无法想象怎么能和有这样一个弟弟的人交往。

我意识到,自己已无法再习惯有一个弟弟,更别说是这样一个弟弟。于是我问叔叔,弟弟打算什么时候走。可叔叔却告诉我弟弟这次来不准备走了。我忽然想起,叔叔家以前的老房子现在正是开发商眼热的地带,听说可以卖很大一笔钱。难道叔叔要把旧房子分给弟弟?我准备和弟弟好好谈谈。

谁知还没等我开口,弟弟说话了:"哥,俺这次来,是叔让俺来的。说要分给俺一套房子。"我心里"咯噔"一下,果然让我猜对了。弟弟继续说:"俺没想着要那房子,本来俺也不想来,可心里想着你,这十来年,俺从没忘记过你,心里想着咱哥儿俩怕是再也不能像从前那样了。"说着,满脸胡子的弟弟居然有些哽咽:"俺也看出来了,你不喜欢俺……俺过两天就走。"

弟弟的话一点都没让我感动。我只是想,假如他留下,家里还会这样乱下去,我还要给他找工作,娶媳妇,而且叔叔的旧房子还要分一半给他……于是我没接弟弟的话茬儿,心里想着只要他离开,我宁肯给他一笔钱。可叔叔坚决不让弟弟走。我连反驳的理由都没有,叔叔什么都给了我,比起弟弟,我的命运已经好太多了。

由于叔叔的挽留,弟弟终究没有回去。不过他不再像开始那样和我说话了,谁都能看出来我对他的抵触。每当看到他蹲在地上吃饭,在花园里晒太阳抓虱子的样子,我就生出一种厌恶的感觉。

我决定再和弟弟谈。同样,没等我开口,弟弟却说道:"哥,你不用说,俺就要走了。这阵子也麻烦你了,现在天冷了,俺……"没等他说完,我马上接着说:"没问题,给,这是2000元钱,你拿上,回家买几吨煤,花完了再找哥要。"弟弟说什么都不接,我以为他嫌少,又添了1000元,可他依然不接。我越发相信他是为了那旧房子,于是拉下脸说："你怎么这样！哥挣钱也不容易，就算你嫌少，我也得慢慢给你才是。"

弟弟的脸一下涨得通红，不认识一样地看着我："你说啥呢哥，俺不是嫌钱少，俺是嫌你把俺当外人。"我随口说："你不就是想着那套旧房子吗！我知道你这次来是想分拆迁费，告诉你，那钱没你的份！"

弟弟瞪大了双眼看着我，满是风霜的脸上一片愕然。听到争吵声，叔叔走过来，用哆嗦的手指着我："你，你简直是混蛋，你怎么能这样说你兄弟！你不该这样啊，你们是哥儿俩，他在老家已经够苦的了，这么多年一次都没找过咱们，你不觉得有愧吗？"

我自知理亏，只好硬着头皮说："这是各人的命运，我也不想这样。"

叔叔再次气得喊道："各人的命运？我告诉你，当年我去找你们的时候，根本没想带你回来，是你兄弟说你身体差，吃不了苦，非让我带你走的。现在你居然这样对待他！"

我待在那里，一下想起多年前弟弟在车后面跟着跑的情景。叔叔指着我的鼻子继续骂："这么多年，我一直想把你兄弟接来，可他不干，说怕连累你。告诉你，那套旧房子就该是他的，你想都别想！"

自己的私心被戳穿，我从后悔变得恼羞成怒，也喊道："我是你的养子，那房子就该是我的！"叔叔挣脱弟弟的拉扯继续喊："他是我亲侄子，比你亲！"

我吃惊地愣在那里。叔叔继续说："你根本不是你爹亲生的，你是他第一个老婆带来的！论到天上我也不该把你兄弟扔在老家，你和我们家没一点血缘关系！"

房间里死一般地静。我只觉得血液全部涌到头上，小时候婶子骂我的话在耳边回响起来：领回个白眼狼，不知道什么时候养大就跑了！

叔叔渐渐平静下来。弟弟蹲在一边抽着烟说："哥，俺也是后来才知道你不是俺亲哥，可俺一直当你是亲哥。"他站起来对叔叔说："算了，俺还是走吧，俺哥有文化能挣钱，以后全靠他给你养老啊。"说完，他从腰里拿出一个布包："这些年俺赶大车拉石头挣了钱，俺不缺钱，这1万块钱给叔吧，俺哥起早熬夜的，挣钱也不容易。"弟弟说。

我流着泪扑过去，一把搂住了弟弟……

我终于没能留住弟弟。我送他上了长途车。车开了，我跟在后面跑着，看到弟弟在里面向我挥手。车开得越来越快，我却不想停下来。我知道，十几年前那个跟在卡车后面跑的孩子，其实应该是我。

还姐姐一个拥抱

　　姐姐是初中毕业生,我是在读大学生,农村中有太多类似的家庭,父母无力供养如古代沉重赋税般的学费,孩子只能辍学,老大当然就首当其冲了。

　　姐姐上了一年医校,然后跟随妈妈去了广东,人家都说那是个花花绿绿、灯红酒绿、纸醉金迷的世界;人家都说那是个"娱乐场",让人流连忘返;人家还说去那打工的女孩,过年在家待不住……众说纷纭,姐姐带着一脸稚气踏上了南下的火车,在"隆隆"声中开始了另一种新生活。那时,她才15岁。

　　不久,姐姐打电话给我。她没有描述城市的喧嚣,没有讲述城市的繁荣,只给了我一句话:"兰,好好读书!"那时我11岁,我不明白那句话到底有多重,我听话地"嗯"了一声,然后是沉默。

　　那年冬天,姐姐没回家,这似乎验证了那些流言,我不明白姐姐为什么不回家过年,但我有点害怕,是我11岁所揣不透的害怕。

　　之后,我频繁地接到姐姐的信,我喜欢收信,那一行行隽秀的字绑牢了我和姐姐的心,当时我不知道为什么我爱上了收信。一遍,两遍……以至于让老师误会我早恋,因为姐姐的信封上寄信人地址那栏永远都是"内详"二字。

　　初中升高中,我没考上省重点中学,没完成预先的约定。何去何从?爸爸说:"别读了!"姐姐说:"读!要让她读书!"于是我继续着收信的爱好。但是,姐姐的信薄了,少了以前的叮嘱,而多了以前没有的放任和自由。这让我无所适从。没有了指示,我得自己去寻找生活的方法。惶恐渐渐涌上了心头,我认为姐姐不管我了。

　　爸爸不给我学费,因为是姐姐承诺让我读书的。"你不供,我供!"爸爸把他应承担的责任推得一干二净。我从银行取姐姐汇给我的钱,吸着姐姐的奶,沿着姐姐给我铺的路，一直走，一直走……

高中毕业，我名落孙山，榜上无名。爸爸说："不读了!"姐姐还是说"读!"于是我背着姐姐的鼓励再读一年高中，俗称"二进宫"。那时我身体不行，药不离身，但依然是孤身一人，延续着已经六年的大寝室生活。说句实在话，每当看到那些为孩子送东西的家长、亲人，看着他们欢笑的神情，我不止一次地羡慕、忌妒，也不止一次地奢求姐姐来看我。当然，我的欲望总没实现过一次，那种渴求却因失望而更强烈。

复读一年我考进了财专，爸爸说："不读了，供不起，还是个专科!"姐姐仍然说："读! 我来供，反正你从来没有供过!"所有的这些关于我是否继续读书的争吵都是瞒着我的，直到我进了财专。舅舅在一封信里说："这几年，你让太多人失望了，而这些人一如既往地支持你!"当看到这句话时，我只想到姐姐。千山万水之外的姐姐，也许此时你不是在想我，但我知道，当我有困难时，你会为我焦急，而我第一个想的一定是你!

也许有人会奇怪，妈妈呢? 妈妈去哪儿了? 妈妈让姐姐的怀抱拥着，妈妈体弱多病，在家几年了，是姐姐在维持她的药费。人家说："灯红酒绿没让这个孩子心野。"姐姐还是回家过年了，我不再担心那些流言，流言只是对某些人的总结，而不适合我姐姐。

不小心我看了姐姐一条未发出去的短信：我真的很累，多想找个人依靠，可是还有那么多人要依靠我，再累也要坚持! 都说苦尽甘来，我就等着我的甘吧! 放心，姐姐，我会像你爱我那样爱你，我会给你"甘"，不是我想回报，而是我想我要做你，即使是痛的，但只要你感觉到爱，我也会快乐地痛。

那次我对爸爸说："你可以让我不快乐，但你绝不能那样对姐姐，我不会让你那样对她的!"当然，我是没让姐姐知道。

爱与痛的边缘，姐姐是我心底最柔的那根弦，涟漪也好，汹涌的波涛也好，都缘于这根弦。我在姐姐的情里融化，不久的将来，我要让姐姐在我的情里微笑。

心灵感悟

> 姐姐从事着"特殊"工作，一如既往的支持妹妹读书上学，并养活着整个家。妹妹长大后，开始怜惜、牵挂姐姐，姐妹感情至深如海。

铭记一生的温暖

在我很小的时候,父亲就去世了。

在我的印象中,我童年时头顶的一片天是大姐撑起的。在这个没有父亲的家庭中,大姐的位置和作用是没有人可以替代的,家中每逢大事小情,母亲总是用商量的口吻和大姐讨论着,属于男人的体力活儿也由大姐来完成,一切都好像理所当然。

那年,我没有考上大学,赋闲在家,整天无所事事。隔三岔五还到夜总会去"蹦迪"。

有一天,大姐在震耳欲聋的音乐声中找到我说:"你去学开车吧!"

我玩世不恭地说:"学那破玩意儿有什么用?"

我一句话便把大姐噎住了,她眼里隐隐有泪光闪动,好半天才说:"姐给你买了辆车,已经办好了出租牌照了。你这么大的一个人,也该干点儿正事了。"

大姐的口吻越来越像妈妈,唠唠叨叨的我有些厌烦。

我就这样被大姐逼着学了开车。大姐给我车钥匙那天郑重其事地对我说,我只有两点要求:第一要注意安全;第二不管你挣多挣少都要交给我一点儿钱。

有了车我也并没能勤勤恳恳、本本分分地做事,开快车被警察逮着了,收了本,顿时觉得昏天黑地。找大姐到局里给我要本。她起初没给我什么好脸色,但我会缠她。我说:"姐,咱家就属你对我好,这事也非你不行,你就找人帮我说说情吧!"

我看着她背着她喜欢的黑色小挎包,在雨天里,撑着一把断了骨的旧雨伞,一步一步消失在窗外的马路上。当时我并没有良心发现。

后来我把车借给了一个最好的朋友,朋友在夜里驾车去一个小镇,由于疲于奔命,回来的途中不小心撞到一棵大树上。可想而知,我的车除了四个轱辘完好无损外,车的前半部分以及挡风玻璃全都面目全非。我以为这一次大姐无论如何都会狠狠地说我几句,我做好了充分的思想准备,等着她骂我个狗血喷头,可是等了一两天,她都没有说我一句。她说:"车坏了不要紧,只要人好好的没事,就是我最大的安慰了。"这时我心里多少有些不安。

第二年，我又犯了一个不可原谅的错误。酒后开车，撞了人还"穷横"。当时我并没有十分的害怕，也就是赔人家一点医药费的问题。可是，这一次大姐她十分恼火，赔了人家几万块钱，事情了了，她还是收了我的车钥匙，并且到车市上，赔了好几万块钱把车给贱卖了。我也恼了，不能理解她的做法，跑到她的家里，跟她大吵了一架。

我强词夺理地说："你不就心疼那点儿钱吗？你每年奖金就十几万元，你也好意思心疼那点儿钱。"

她气得嘴唇哆嗦，脸色苍白，一句话也说不出来。那时她大学毕业后在外贸公司做事，效益好得不得了，很多人都眼红。她的车我开了两年也并没有给她一分钱。

我负气而去，再没和她说过一句话。一辆车成了我和她之间永远的痛。

后来回家时，听母亲断断续续地跟我说了一些她的事。我终于明白，大姐当初是担心我空闲时间太多怕我学坏，于是狠心花了十几万块钱买了一辆车，办了出租的牌照交给我。所谓的交给她一点儿钱，也只是为了约束我不乱花钱。现在把车卖掉，实在是怕我再有意外。

我听了之后默默无言，我心中明白，大姐仍然是这个世界上最关心我的人，她再有钱，也不是大风刮来的，是辛辛苦苦挣来的。

那之后，隐约听说她从外贸公司辞职了，我替她惋惜了好长一段时间。听说她又开了一家私人外贸公司，做得很有规模，心中略感安慰，同时又替她担心。姐夫是走仕途的人，根本没有时间和精力来帮她，再能干的女人也是女人，需要亲人的帮扶。

再后来听母亲说，二姐的女儿在帮她，我略微放下心来。谁知好景不长，二姐的女儿竟是别有用心，在她那儿干了一段时间后，把她大部分的客户卷带跑了，另外支起了一摊，和她对台打擂。大姐的伤心是可想而知的。

有一次在母亲家里遇见大姐，我的心竟有些颤抖，大姐秀气的脸庞上已经有了细细的皱纹和淡淡的倦意，头发散乱地掖在耳后，她的身上并没有成功女人的气度和从容。她的客户大部分都在国外，常年飞来飞去的，三十来岁的人，已经见老。

我想跟她说句道歉的话，看她脸上淡淡的样子，怎么也说不出口。其实在我心中已跟她说过百遍。可不当面向她道歉，我就永远无法为当初的偏激和任性找到合理的借口。

我终于鼓足勇气,对大姐说出了埋藏在心底好几年的话。我说:"大姐……那时我年轻、糊涂,你见谅。"

大姐淡淡地笑了,说:"就这事啊?我早忘了。"

我一时有些动容,原来心里有爱的人,是只知道付出,从不问回报的。

我终于和大姐和好如初,姐姐的爱如海一样包容着我,让我温暖铭记一生。

心灵感悟

心里有爱的人,是只知道付出,从不问回报的。

血脉相连的亲人

她叫慧心,是哥哥领回的第 N 个女人。

刚来的时候,她就手足无措地站在我家破旧的、客厅中间,冲我羞涩地笑着。

我实在不知道该怎样称呼她。以前我管哥哥带回来的那些女人一律叫姐姐,可是这次的慧心只有 21 岁,比我还小两岁。所以,第一次见面,我们相视无语。

十年前,父母双双离世后,上高二的哥哥就辍了学。兄妹两人相依为命,我们靠父母留下的微薄积蓄艰辛生活。他本来打算做点什么以便挣点钱供我读书的,可是从小娇生惯养的他吃不了苦头,最后一事无成。之后,他又跟社会上的不良少年搅和在了一起,喝酒抽烟打架,无所事事。每次,手里拿着哥哥通过投机倒把为我筹得的学费,我心里都有说不出的酸涩……

在外人眼里,哥哥无品无德,放荡不羁。可对我,他一直像个长辈一样,呵护着我,不让我受到一点伤害。后来我想,也许那时候我们都小,他只能用这种争强斗勇的方式显示自己的强大,很男人地护卫我不受别人的欺凌。上高中以后,为了让我有更多的时间学习,哥哥学会了做饭洗衣,并且一直坚持到我大学毕业找到工作。在他和他的狐朋狗友聚会回来或者打破别人的脑袋被找上家门的时候,我都哭着劝他好好做人,别在外面惹是生非,怕我不高兴,每次他都会老实地在家待上几天……

也许是因为在这个世界上，我是他唯一的亲人，他便把心底里那些未泯的爱和感情都倾注到了我的身上。

哥哥经常不在家吃饭，所以，晚餐都是我随便打发自己的。可那天一进家门，我就闻见厨房里飘来诱人的香气，是慧心正在炒鱼香肉丝。她不好意思地说，听哥哥说我爱吃这道菜，就特意为我做了。我还发现我们破旧的屋子被收拾得整整齐齐，尤其哥哥的房间，床头的桌子上还插着几朵不知名的小花。阳台上，我和哥哥的脏衣服也被她洗干净了晾在那里。这些多像我幻想中的家的感觉啊，我的心里涌起一股暖流。她，慧心，一个和哥哥以前带回来的女人完全不一样的女人，一个给我温暖的女人……

慧心没有工作，在家里帮我们做家务。开始的几天，每次下班一进门看到的都是她灰头土脸地拿着刷子粉刷我们家暗黄发黑的墙壁，我想帮她，她却说："这活你干不了。饭我做好了放在锅里，快去吃吧。"她比我小，却像母亲似的照顾我。

慧心告诉我，她从小就没有了母亲，上大二的时候，一直苦心供她的父亲积劳成疾，总是腰疼得直不起身子，没办法给她学费了。为了给父亲治病，她听同寝室的女生说坐台挣钱快，就含着泪瞒着家人辍了学，偷偷去歌厅坐台，她就是在那儿认识的哥哥。哥哥曾经对她说，她根本不是那条道上的人，不该待在那种地方，并且哥哥从不对她动手动脚。接触几次后，哥哥知道了她的情况，给了她几千元钱让她先给父亲看病。现在父亲的腰差不多好了，也能干点儿轻活了，她就出来找哥哥，因为她觉得哥哥虽然经常出入那样的场所，却是个好人。

这是我第一次听说哥哥除了爱护我之外，还会爱护别人，也是第一次听人说他的好。

因为慧心的到来，哥哥的确有了不少改变。他开始经常按时回家，开了一家小餐厅，不再跟着他那帮哥们儿打架斗殴花天酒地了，还和慧心商量着等她年龄到22岁了就去领结婚证。他的这些变化让我惊喜起来，看来慧心的本事真不小。

让我们没有想到的是，哥哥只跟慧心热乎了三个月，他的老毛病又犯了，经常不回家，还在外面跟别的女人鬼混。慧心知道后，哭了一场，就又恢复了平静，还像以前一样帮哥哥料理生意，照顾我们兄妹的生活。那天，哥哥又把一个妖艳的女人带回家，还当着慧心的面搂着她的腰，说慧心是我们的佣人。

记得慧心是哭着冲出我们家的，我当时实在忍无可忍，愤怒地对哥哥和那女人说,不许你们这样对她,她是我嫂子,我只认慧心是嫂子。

慧心来拿她的衣物时,我觉得她一下子憔悴了许多,头发凌乱,眼睛还红肿着。我拉着她,不让她走。她告诉我,她找到了一份打字员的工作,能养活自己。既然有人照顾我和哥哥,她就该走了。我冲进屋子里大声喊哥哥,让他留住她,可是哥哥始终没有出来,我看到她转身走的时候,是带着期望的神情,走出大门的时候脸色黯淡了下来,看得出她是希望哥哥能挽留她的。

一周后,我无意中从哥哥的被子底下发现了一张化验单,原来哥哥因为长期不规律的生活患上了胃癌。一下子我明白了哥哥设法让慧心离开的原因了。我没有别的亲人,第一个想到的就是慧心,于是惊慌失措地给她打电话。电话那端,沉默了好久,慧心才哭出声来。两个女人为了一个男人,在电话的两端,哭得肝肠寸断。

我对哥哥说,我不能失去他,我要盘出餐厅为他治病。可是哥哥死活不同意,他说那是他留给我的唯一财产,不要再为他浪费了。慧心也说餐厅一定要留着,那是日后的生活来源,她说一定能想到办法凑足哥哥的治疗费用。

在我和慧心的恳求和劝说下,哥哥住进了医院,慧心辞去工作努力经营着小餐馆,一有空就跑到医院帮我照顾哥哥。我们的所有收入加上以前的一点儿积蓄,勉强能够支付住院后的治疗费用。医生说,哥哥必须尽快做手术才能防止病情的继续恶化,可是手术的费用对我们来说依然是巨额的,我们根本拿不出来。

有一次,哥哥因为胃疼难忍而脾气暴躁,拒绝医生为他打针,我正束手无策,慧心进来了,她把哥哥的头搂到自己的怀里,像哄婴儿一样在他耳边呢喃了几句,哥哥竟然安静下来,很配合地把手臂伸给了医生。其实那次慧心跟哥哥说的话我听见了,她说:"一定要治好病,我还等着给你生个孩子呢!"我知道,她这样说是在给哥哥希望。

慧心雇了人照看餐厅,她说,她要出去找一份更赚钱的工作,为哥哥早点儿做手术。我是很久以后才知道她是又去坐台的。那晚我回家给哥哥拿换洗的衣服,远远地看见她打扮得漂漂亮亮,花枝招展地出了家门,我就尾随在她身后,看见她进了一家夜总会。我一下子愤怒了,冲进去一把把她拽了出来:"你怎么能这样?你是哥哥的精神寄托,他看见了会失望的,就是沦落到用这种方式赚钱,也应该是我来……"话没说完就哽咽住了,我怎么能说她呢,一个为了救哥哥的弱小女孩,她能怎样呢?没想到慧心没有生气,反而说:"你整天照顾他够累了,就把赚钱的事儿交给我吧。你不能动这样的心思，你以后还要嫁人呢，反正我也是你哥的人了，顾不上别的了，救他的命要紧，只求你千万别把这事告诉你哥哥。"

那晚，我和慧心无声地拥抱在一起，用身体去温暖彼此无助的心。真的，那时她不仅仅是哥哥的支柱，也成为我精神上的依托了。

经过一段时间的治疗，哥哥的状态好多了，他说实在不愿意在医院待了，非要回家不可。医生跟我说，这是手术的最佳时期，希望哥哥回去休养几天后及时来做手术。

答应我和慧心要好好活着的哥哥，还是食言了。那天，慧心说她筹够了哥哥的手术费，让他去取。路上，他骑着摩托车从一个很高的坡上冲了下去，浑身是血的他被人送到医院时已停止了呼吸。我懂哥哥的心，从小就能把摩托车玩得特技一样的他怎么会出事呢？一定是他对自己丧失了信心，不忍心让我们人财两空。也许更因为慧心，大男子主义的哥哥，绝不愿意反过来偎依一个弱小的女子，让自己爱着的女孩到处奔波。我一路哭泣着赶到医院的时候，慧心已经哭晕过去。醒来后，她抓住扑在哥哥身上的我，绝望悲痛地说："他为什么不要我们了？他答应要好好照顾自己的，他说病好后我们要生个孩子的……"那天，我们两个女人，悲切地相拥在一起，一同感受失去亲人的不幸和痛苦。我想我会一辈子都感谢她，没有让我一个人孤苦伶仃地送哥哥上路。

哥哥离开不到一个月，慧心就嫁人了。婚礼之前，她给我发了请柬。我没有理由责怪慧心，她还年轻，不能老沉浸在悲伤里，再说，她已经尽了力，并没有任何对不起哥哥的地方。

婚礼那天，我发现新郎是一个四十多岁的男人，而且右腿是瘸的。当着她的面，我流了泪，后来我才知道，慧心就是从他那里拿了救哥哥的钱，并答应治好哥哥后嫁给他的。实际上，无论哥哥是否活着她都要失去他的，我很难想象，当初她做这个抉择的时候，内心在怎样痛苦地挣扎。

结婚不足六个月，慧心就生了个男孩儿。我去看她时，她正抱着孩子给他唱歌，满脸做了母亲的心满意足。慧心对着孩子温柔地说："宝贝儿，姑姑看你来了。"他的确长得很像哥哥，我明白了慧心为什么那么快就嫁了人。泪水又一次涌上来的时候，慧心发出嘘声，指了指门外的那个男人说，他是个好人，对我和孩子都好，放心吧！

出门的时候，我第一次叫了她一声嫂子。这个年龄不大却历经磨难的瘦弱女子，为我和哥哥奉献了她的所有，并用这种决然的方式，让我在这个世上又有了血脉相连的亲人。

今生认定，她就是我嫂子，永远的嫂子。

一个善良的瘦弱女子，用自己的婚姻换来救治疾病的钱，保住了前男友的性命，也使得前男友与其妹妹能够继续活下去，让人间中的亲情延续了下去。

妹妹，永远的遗憾

1982年，我穿上庄严整齐的军装，我走进了大学。在这军营式的大学宿舍里，在这环境优越的学习生活又将开始之际，我这个高大的男子汉，却禁不住让自己的泪水一行行滚落。我想起了妹妹。我们家只有一个妹妹。她年龄小，倒数第二，其余四个都是男孩。父亲已年过半百，母亲则患有间歇性的精神病。在我们那还未富裕起来的小山村，我们家庭当属贫苦之列。

我们兄妹五个，都是读书勤奋的学生。而我们贫困的家庭，的确是无法支撑五个人的学习费用！何况，母亲还不时地犯病……妹妹仅仅读到小学四年级，就停学了。她默默地离开了学校，在家里帮父母干活，而让四个男孩继续读书。是什么支撑着我们的家庭、支撑着我们兄弟几个的勤奋和努力？那时候，我们曾经认为是父亲那越来越老、却越来越表现出慈爱和沧桑感的目光，然而实际上是我们兄弟几个人互相鼓励、不同贫困屈服的斗志和毅力。

终于，大哥考上大学了，一年之后，二哥又将踏入高等院校的大门。这在我们的穷山村里，特别是我们这个穷困家庭里，是多么巨大的喜事啊！这天二哥要上路了，我和妹妹去送二哥，当我放下向二哥告别时高高扬起的手时，突然感到在贫苦中长大的妹妹，竟是那样的瘦小！我也读高中了，才知道大哥、二哥离家住校读书时是多么艰难。我是班里家庭最贫困的学生之一，经常吃不饱饭，更不用说吃什么菜了。有时，饿得实在不好受时，就花两分钱，去水房打一瓶白开水，泡着粗粮拼命咽下去。在那些日子里，我唯一盼望的就是在校门口那条泥泞路上，见到我妹妹的身影。

妹妹几乎成了我们家庭的支柱。她12岁开始进山打柴，每次能挑回五六十斤干柴，当地价钱是一元。然而靠的就是这一元钱，换回我们全家的油盐，还有我们兄弟读书的费用。县城的中学，离家一百多里，为了节省车费，妹妹每次来送米、送菜、送钱给我，都是走着来，又走着回去。而每次交到我手上的，总是沾着她温热的汗水的米，几缸子自腌的咸菜，还有皱巴巴的钞票——有时是五毛，有时是一块，从来没有超过两元的。可是，对于我来说，那该是多么大的财富！而对妹妹来说，又是多少血汗的积累啊！

在县城的高中，我读了三年，妹妹就这样给我送了三年！每次，她总是在大门口站着，把东西交给我，然后重重地喘口气，之后向教室、操场的方向茫然地看上几眼，又默默地转身走上回程路。我知道妹妹也想读书，可我们家实在是穷，实在是没办法！那时候，我认为，对父母、对妹妹、对我们家，我所能做出的最大报答，就是努力读好书。尽管我经常饿着肚子，尽管我从来没为自己拥有任何一件好的物品而自豪过。但我为我学到的知识、为我的优秀成绩而自豪。有一次，妹妹来送米时告诉我，村里好些女孩子都到城里去了。有的去做工，有的去给人家当保姆。邻居阿兰也到县城去了，才两个月，回家一趟，穿了几件新衣，听说是主人家给的，主人还给了钱，阿兰说她也会给我介绍一家，也去当保姆。我明白了妹妹的意思。可是，她一走，家里的话谁干？父母又由谁来照顾？还有读小学的弟弟又由谁来关照？

沉默了许久的妹妹默默地低下了头。"哥，我知道……"说完她又朝来的路默默地回去。看着她瘦小的背影，我当时心头一阵辛酸，妹妹，你才是我们全家的支柱啊！

农闲时，我们放假回了家，妹妹却早我们一天出去了。听说她是和村里的一群汉子和身体强壮的妇女结伴而去的。她留下话说："哥哥，你们读书都要钱，而这段时间田里家里的活不多，你们兄弟都干得了，我要和大人们一道出去卖苦力，好挣些钱，给哥哥读书、帮补家用"。我们这些当哥哥的，听了都默默无语。我们拼命地做妹妹留下的活，恨不得一天把一年的活儿全干完，更恨不得一天把几年的书全念完!妹妹随着大人们勇敢地"闯荡四方",连我们这些出门在外的哥哥,听了也大为惊讶:她为了卖苦力,竟到过北京、天津、武汉等大城市!挖土方、栽树、割麦子、割稻子,她都干过。妹妹曾用她那歪歪扭扭、错漏甚多的字体,给我写过一封信,说她这次给我寄的钱不多,是因为给那个林场老板干活前没讲好条件,结果结账时,吃亏了:干了三个月的活,栽树、挖土、除草什么都干,到头来每天只有七毛钱!她的吃、住用去了一些,现在只有 15 元了,全寄给我……她嘱咐我一定要读好书,读了书不会再轻易受骗,读了书不用那么凄凉地出外卖苦力……当我收到那几乎每一分都浸透着汗水与辛酸的 15 元钱时,又把它分给弟弟和哥哥时,我真想厚着脸号啕大哭一场——我们的妹妹啊!

那一年暑假,大哥从大学回家,第一次给妹妹带了个小礼物:一小瓶廉价的花露水。妹妹曾多少次毫无保留地把她的血汗钱全部慷慨地为我们献出,而哥哥这极小的礼物,却让她激动得满脸通红,眼睛都潮湿了。她不会说客套话,只是对大哥笑了又笑,把瓶子放到鼻子前闻了又闻,让我们兄弟都为她的欣喜而感到快乐。那时,我曾很冲动地对自己说,妹妹,下次回来,无论怎样,我也要给你买一瓶擦脸油!

我在大学里度过了第一个学期。当我们兄弟又从充满现代气息的城市大学里,回到贫瘠山村的温暖家里时,我们可敬可爱的妹妹,又离乡漂泊出去打工了……寒夜的风在窗外一阵一阵地吹过,我们家虽然很穷,但全家围坐在熊熊的火炉旁时,却感到无比的温暖。可是,少了妹妹,我们在很长的时间里,都默默无语。最后,大哥终于抬起头,对我们说,按中国的传统意识,兄长有抚养弟妹的义务,但我们家,却是妹妹——我们弱小的妹妹,牺牲了自己童年和少年的全部,为了我们这些哥哥的前途……大哥说不下去了,我也听不下去了,我急忙站起来冲进了妹妹的那间破旧的小屋,我掏出那一瓶擦脸油,轻轻地放在妹妹床上的枕头边,这时我听了了身后的脚步声,哥哥和弟弟都一起涌到了这间小屋,我回头看到每一双眼里都噙着男子汉无以言明的泪水,像是在说:妹妹,我们的好妹妹!

心灵感悟

为了哥哥,妹妹甘愿无尽地付出。这种付出,不求回报,只因有爱,一种人间至亲的爱。

哥哥，我心底永远的痛

　　三月，我与女友分手了。这次分手其实早在我的意料之中，因为这已是我第六次失败的恋爱了。我这几次恋爱的情形都十分相似，女方和我见面时，对我的印象都不错，无论是我的相貌、谈吐、事业都让她们很满意，可接下来当我如实地告诉她们我的家庭情况时，她们的眉头便都皱了起来，笑容消失了，严肃地看着我，一遍遍地盯住我问："你不是开玩笑吧？不是想考验我吧？"待我很肯定地拿出我和妈妈、哥哥的合影给他们看时，她们刚才还对我充满倾慕的眼神立刻消失了，神色变得矜持起来，口气也犹豫不决了。好半天才说，家庭并不重要，重要的是两个人在一起的感觉，先交往交往再说也不迟。我说："非常感谢你这么想。不管以后如何，冲你这句话，我都视你为朋友。"话虽这么说，可每次事情的发展都不怎么好。这些女孩子总是尽可能不去我的家。可我却一定拉她们去，去了之后，她们多半是饭也不愿留下来吃一顿，当然我们的交往也因此基本走到了尽头。

　　所有这一切，都只因为我家里有一个患病的哥哥。哥哥患的是一种类似于自闭症的精神病。他几乎不说话，很害怕见生人，更害怕走出我们居住的三室一厅，他没有生活能力，只愿意和他的一条狗待在一起。他需要我养他一辈子，方方面面地照顾他一辈子，而我是一定要养他一辈子的，不管我将来是怎样的生活状况，我一定要和他生活在一起。面对这样的情形，一想到要和一个有病的哥哥一起生活一辈子，那些女孩打退堂鼓也就不足为奇了。

　　和她们分手我并不遗憾，我照样过着自己的生活。一般来说，晚上我会推掉所有的应酬，按时回到家中，陪哥哥看卡通片，和哥哥及他的那只叫小跛的狗玩耍。那是哥哥一天中最高兴的时候。他会对着我憨憨地笑，会说："好看，好看"。看到哥哥高兴，我当然也高兴，可心里更深的是痛。如果不是因为父亲过早地去世，不是因为家境过于贫寒，哥哥不会在十七岁那年迫不得已地退了学，从此开始担起一个成年人的责任。而我如果不是那么贪心读书，如果我能够在高中毕业后就和哥哥一道撑起这个家，哥哥现在一定也和他同年龄的人一样已成了家，做了一个孩子的父亲,过着自己有滋有味的小日子……虽然明知道事情不可能按照人们的愿望从头再来,可一想起这些,我的心便如刀绞,不得安宁……

父亲去世那年,我十四岁,哥哥十六岁,家里唯一的经济来源便是妈妈种的一亩三分地。妈妈当然希望把我们兄弟俩一起培养成才,可是才过一年,她就再也无力支付我们的学费了。于是,她让上高中的哥哥退了学。她对哥哥说:"不是妈妈偏心,你弟弟实在太小,他出去打工没人要……"哥哥是个文静内向的人,对妈妈的决定,他除了流了一天的泪,没有再多的表示。过了一周,他便跟着村里的几个人一起去外地打工了。

这一去,很少打电话回来,信也少写,只是半年一年的寄一次钱给我们。

三年后他第一次回来。人长高了些,却出奇的瘦,话比以前更少。我和妈妈问起他打工的情形,他只淡淡地说一句:"就那样。"然后再也不多吐一句。我们知道他肯定很苦,因为他回来的那半个月里,半夜里我们常被他的哭声惊醒,开灯看他紧闭着眼,哭得喘不上气来。把他摇醒,他愣愣地看着我们,半天才回过神来,说一句"原来是在家里"然后倒头又睡去。妈妈悄悄向和他一同打工的人打听,那些人欲言又止,只说哥哥肯干活,只是太老实,容易受人欺负,具体情形却不愿说。

妈妈回到家,抱着哥哥流泪说:"妈妈知道你苦,你别出去了,我们娘仨就守在一起。"哥哥也抱着妈妈哭,也叫着不出去了,不出去了。可是,半个月后,同乡们回工地时,哥哥又跟着一同出发了。临走前我拉着他不放手,哥拍拍我的肩说:"弟,哥再出去干两年,等你考上大学,哥就回来。你得好好学习啊,哥天天盼着你考上大学呢……"我的泪流下来,他的泪也流了下来,他用袖子一抹,狠拍一下我的肩,走了。

他这一走又是三年,除了寄钱几乎音讯全无。我读大一那年,突然接到妈妈的电话,让我赶紧去广州一趟,说是哥哥出事了……

我见到哥哥时,哥哥躺在医院的床上昏睡,他的身上脸上伤痕累累,不忍卒看。可医生说,他身上的伤是次要的,重要的是哥哥的精神受到了强烈的刺激,有时不说一句话,有时又狂躁得摔东西、打人,完全控制不住,不得已,只有给他注射镇静剂……

我去哥哥打工的工地询问情况,同乡们一开始都不想说,在我的再三哀求下才告诉我一些情况。

他们说哥哥从开始打工就显得与众不同。除了拼命干活外，休息的时候他还拿出书来看。大伙儿都笑他，说这个样子还想读书，是不是有病啊。哥哥并不理会他们，一味地看下去，有一天工头对他的行径实在看不惯，以为他这样做会耽误干活，便阴阳怪气地嘲笑了他一番后给他换了工地上最苦的工作，说来是哥哥的工作太轻闲，要不怎么会有闲工夫看书！老乡说，如果是换了别人，会和工头套套近乎，然后把书收起来了事。可你哥哥真犟啊，活照样干，书继续看。这下可把工头惹恼了，他从此想方设法折磨你哥，重活累活总让你哥干，还经常当着众人嘲笑他。一些趋炎附势的人也跟着工头调侃你哥，你哥为此还和别人打了几架，可每次打架都是他吃亏，他的话因此越来越少了，而且不愿意和大家接触了。

一个月前，工地附近跑来一条跛脚的小狗，一看就是一只被主人抛弃了的流浪狗。你哥对这条狗特别好，每次吃饭时都留些饭来喂它，给它洗澡梳理皮毛，还给它起了名叫小跛。渐渐的，狗就和他混熟了，一天到晚跟在他后面，看得出来，有了这条狗，你哥开心了不少。可工地上的几个人打起了这条狗的主意，他们想捉住这条狗杀了煮来吃，于是前几天中午十多个人围追那条狗。你哥当时坚决不准他们这么干，可谁听他的呢？大家继续去追。你哥急了，挥着一根钢筋冲进人群，一手将狗搂在怀里，一手舞着钢筋，追狗的人被打伤后也气急了，也抡起钢筋朝你哥打……

我泪流满面，抱着那只叫小跛的狗回到了哥哥的床前，我对昏睡中的哥哥说："哥，我来带你回家，带你和小跛一起回家……"

两个星期后，哥哥身上的伤基本没有大碍了，我决定带他回家。考虑到哥哥的病情，而且带着小跛不能坐火车和长途大巴，我租了一辆出租车回家。虽然租车的费用花去了哥哥得到的补偿费的一大部分，掏钱时我却没有一点儿犹豫。把哥哥交给妈妈时，我对妈妈说："你好好在家照顾哥哥吧，再也不能让他受到任何伤害了。我会挣钱养活你们的……"

是的，我要拼命挣钱养活哥哥和妈妈，就像当初他养活我一样。大学四年，我搞过各种兼职，有一个时期同时打五份工。大学四年级时，我在校外租了间房子，把妈妈和哥哥接到了身边，只有天天看到哥哥，我心里才踏实，而我发现他看到我时，神经也不会那么紧张了，甚至还会说上两句话，有时还对我和妈妈微笑。这一切都让我对生活充满了希望，我觉得哥哥一定会好起来的。

毕业后，我和几个同学合伙开了一家经销化学涂料的小公司。我们真是找对了路子，公司开张两年后，生意好得出奇，这样，我买下了一套大房子，把哥哥和妈妈接了进去。

我为哥哥找了很多医生，可效果并不明显。唯有一个医生说，没有什么药物能比得上爱，爱他关心他，也许会慢慢地打开他的世界……我认为这个是医生为哥哥开出的最好的药方。

那只叫小跛的狗一直跟着哥哥，它和哥哥形影不离。我因此受到了启发，为哥哥买了许多关于狗的碟片，还买来孩子们看的卡通片，在这些片子里，世界一片美好，花正红，天正蓝，人与人之间和善相处，正义终将战胜邪恶……那样的世界，正是哥哥希望得到的世界……我和妈妈小心地呵护着哥哥，几年下来，哥哥的情况有了明显的好转，他对生人不再那么害怕，虽然我带他在小区花园里散步时，他一直紧紧地抓着我，浑身止不住的颤抖，可他毕竟能迈出家门了，这是多大的进步啊。我为此欣喜若狂，我盼望着有一天，能看到他自由自在地在洒满阳光的大街上轻松地行走。

他唯一的一次狂躁发作，是我不小心将一本书带进了他房间。他看到那本书时，浑身一激灵，突然跳起来抓起那本书就撕，边撕边大叫，泪水四溢，直到把那书撕成碎片，他才浑身一软得倒在地上，人事不省……那天晚上，我在他床前守了一夜，也流了一夜的泪。不难想象，当年的被迫辍学带给哥哥的伤害有多大，那些无知的人们对他渴望读书的心灵打击有多大！也就是在那天晚上，我更坚定了要守护哥哥一辈子的决心。

所以，我才有了六次失败的恋爱，直到三十好几还是独身一人。妈妈曾不无忧虑地一次次对我说："儿啊，这样下去你会一辈子讨不到老婆的。要不，你再给我和你哥找处房子，我和你哥搬出去住。他现在好多了，我一个人能照顾他，可别让你哥耽误了你的终身大事……"妈妈没说完，我就阻止她再说下去。他们是我在这世上最亲的人，我不能和他们分离。

婚姻，我可以没有，而哥哥，我永远不能再失去了。

况且，我一直坚信，我会找到那个能与我同行的女子，她爱我，也爱我哥哥。因为这个世界上毕竟有那么多拥有美丽心灵的人存在呢。

远远的大哥，最近的爱

一

大哥在我们家的地位很尴尬。我们是同父异母的兄弟，10岁之前，我不知道自己还有一个大哥，那天一个人的敲门声让我家的晚饭停了下来。

进来的是一个十七八岁的少年，他穿着极短的裤子，因为短，更显出身子的长，上衣也短，刚刚盖住腰带。我和妹妹转过头去看他，他的两只脚并在一起，绿色的胶鞋上有泥土。父亲一见他就一下子站了起来："小强？""爸爸。"他张了嘴。我和妹妹瞪大了眼睛，爸爸？

妹妹哭了起来，你凭什么管我们的爸爸叫爸爸？我的眼睛也瞪着他，好像自己的什么珍贵东西被人分享了。

那是个极其难忘的夜晚，父母的争吵隐隐地传来，很压抑，尽管他们努力让声音更小一些，可我们还是听到了。

不是离婚了吗？那还牵牵扯扯的！

这不是有特殊情况吗？她得了绝症，我不能不管孩子！

那你去管他们娘儿俩吧！

事情不是你想象的那样……

爸爸离过婚？我和妹妹在小床上吓得不行，隔壁住着的那个男孩儿，一个穿着旧衣服的男孩儿，他是爸爸的儿子吗？

后来我慢慢弄清楚了，小强是我们同父异母的哥哥。20年前，父亲在那个村子里当知青，有个女孩子爱上了他，于是他们结婚了。不久，父亲进城上大学，她提出了离婚。父亲蒙头大哭,他自然知道她是为什么要求离婚的,为了父亲的前程,这个女子提出了离婚。

父亲当时并不知道她已经怀孕了,几年之后他偶尔听说她有了孩子,一个人带孩子过。父亲回了一趟黑龙江,结果他看到了大哥,和他如一个模子刻出来的。

父亲抱着孩子大哭,那时他又结婚了,妻子就是我的母亲,一个高干子女。不久,有了我,过了两年,又有了妹妹。

那个少年,是穿着新衣服走的。父亲让我们叫他大哥,我们一声也没叫过,在我们心里,我们是不承认他的,何况,他的到来让母亲十分不悦。

他带走了家里的 1 万块钱。母亲与父亲大吵了一通,说这日子没法过了,一家养着两家。我们也特别恨那个雨天来的少年,是他打破了我们家的平静,我不希望再看到他。

当然,我也不承认他是我的大哥。

二

再次看到他是 10 年之后,我在北京上大二了,他已经是快三十岁的人了,他又来了,这次是带着很多的玉米面、红枣、小豆、小米之类的东西来的。

东西在地上堆了一堆,多了的,还有一个三四岁的孩子。

叫爷爷,他说。

叫二叔。他指着我。

小姑,说的是上高三的妹妹。

大家都很冷漠。他结婚了。下岗了。他的母亲于 5 年前去世了。他的妻子,是乡里一个搞美容美发的女孩儿,三块钱理一个发,挣不了多少钱。"前几年家里闹了洪水,把房子冲坏了……"他还要接着说下去,被母亲打断了,还要钱?1 万块?这日子真没法过了!

他的脸上讪讪的,不是,不是。他解释着,脸有些红了,局促中,他不知道应该怎么表达。长大了一些的妹妹,拉着他儿子说,来,让小姑姑看看,这才解了围。他的儿子长得像他,很是可爱。长得像他,当然就更像父亲了。父亲拉着小孙子的手说,老了老了。

这次他来,是想让父亲帮他在北京做个小买卖,他说村子里的人在北京开小吃部发财的有的是。父亲低头想了一会儿说,我想想吧。

大哥就这样做起了小买卖。他在木樨地附近开了一个小吃店，把老婆孩子全接来了，日夜地忙，全是些地道的东北菜。他花了几万块钱把那个店盘下来时，高兴地要请我们吃饭。大家没有给他面子，觉得他没什么钱，能去什么好地方吃饭。母亲更是说，透着没知识没教养，这样的人还是少来往好一些。

他却并不在意，仍然来，把那些做好的东北菜带来给我们吃。那些菜，除了父亲是没有人吃的。父亲在东北插过队，爱吃东北菜，东北乱炖、杀猪菜、猪肉炖粉条……他做得不错，父亲过一段时间吃不到就说，你大哥老没来了吧？我们就不言语。在我们心中，是没有人把他当大哥的，对他好的只有父亲。父亲是偷偷给过他钱的，这我知道，有一次父亲送他出去，我也出去了，他们正推推搡搡的，手里是一个纸包，他到底没有要。父亲叹息了一声说，唉。

他太实在，所以上了当。那个饭店急于低价转给他是因为要拆迁，他做了没几个月就让拆了，钱没赚到几个，反而赔了。后来，我去车站送同学，看到他又开始蹬三轮，把站里的货拉出来，光着膀子，特别能干。我看了他好久，发现自己有点心酸……这时，我已经申请到美国一所大学的全额奖学金了，而他还在为生计奔波着。

妹妹也要去国外读书了，是母亲给她联系的学校，家里一下子空了，而父亲的身体越来越不好了，糖尿病、高血压，母亲的心脏也出现了期前收缩，我怎么可以放心地走呢？

父亲说，走吧，还有你大哥呢。

母亲嚷着，算了吧，他来，还不是看上了这份家业？别和穷亲戚来往了。

穷亲戚？父亲动了怒，他是我儿子！

临走前，我去找他，那是我第一次去他家，一个简易到没法再简易的小平房，生着炉子，因为冷，玻璃上结了冰。他看到我，不相信地说，小宾？快进来，说着握着我的手，屋里有客人，他得意地说，我弟弟，要去美国留学了，棒吧？

那一刻，我心里有点发酸。他张罗着给我洗水果，倒茶，手有些哆嗦，生活的磨砺让他看起来比实际岁数要大。

我要走了，爸爸……

你不用管了，交给我吧。

还有妈妈——我担心他记恨妈，妈的身体也越来越不好了。

都交给我吧,爸的亲人就是我的亲人,放心读书吧,咱老陈家出个留学的,说出去祖上都光荣呢。

这次,我是真没坚持住,我叫了一声,大哥——

他把我紧紧地搂在怀里,说哥等这句话,等了快20年了!

三

几年后我回国探亲。

让我吃惊的是家里的巨变:大哥开着一辆二手夏利去机场接的我,他又开了饭店,不几年就赚了钱。

咱妈非让买,她添了钱。

我更吃惊了,到家才发现,小侄子正和妈妈玩得欢,大嫂正在厨房里忙着做饭。母亲看起来春风满面,父亲的脸色也不错,这一切是如何改变的?

原来,我走之后,母亲就出了车祸,腿和腰都撞坏了,家里一下子全乱了。母亲根本不能翻身,大嫂事无巨细,端屎端尿间感动了母亲,而大哥更是三天两头往这儿跑,里里外外全打点了起来。母亲病好以后,下了命令:千万搬回家住,这个儿子和媳妇,我是认了!

她亲自出面,为大哥找地方开饭店,当然,还出了启动资金,让大哥的孩子上了最好的小学,她亲自接送,一家五口三代人,过得其乐融融。

这是我没有想到的结局,也是父亲没有想到的。当然关键还有一个人,那就是大哥。

临走时,我请大哥出去吃饭,我说,谢谢大哥。

大哥给我一掌说,想让我揍你了,一家人说两家话?快给我读完博士,好好在美国混,咱爸咱妈交给我了,你就放心去吧。

走的时候,大哥递给我一个纸包,里面是1万块钱。我推了又推。大哥说,别跟我见外,叫了这么多年大哥,就应该花哥的钱,花了,哥就高兴了。哥没有亲人了,你们就是我的亲人!

我又哭了。大哥骂我说,别哭了,不像我兄弟,说着挥着手往外走。我看着他的背影,快40岁的大哥,初现了中年男人的微胖,走路一耸一耸的,很难看,他的肩一高一低,他的手在脸上一抹一抹的。

大哥,我心里叫着他,眼泪就那样不听话地又流了下来。

　　质朴的大哥，敢于承担，他甘愿为整个家无私地奉献和付出。有了这样的大哥，难道不是人生的一大幸运吗？

兄弟与弟兄的另一种诠释

　　他在纸上写了两个字——"兄弟"。他指着"兄"字对哥哥说，这个字读兄，兄就是哥哥，又指着"弟"字说，这个字读弟，弟弟就是我，"兄弟"的意思就是先有哥哥，才有弟弟，没有你，就没有我。

　　他出生那年，计划生育抓得正严，村里有生二胎的人家，不是要躲到城里亲戚家，就是要被罚款。只有他，是一个光明正大生下来的老二，并非家中有权有势，而是因为他的哥哥，先天性脑疾，俗话说，就是弱智。父亲递了申请，没过多久，父亲的申请就被批准了，母亲就怀上了他。

　　母亲拿着一根小竹竿对哥哥说，永远不许碰弟弟，记住没？说着扬起手里的竹竿，警告他如果不听话，就会挨打。他畏缩地躲到一边，深深地低着头。因为担心他会伤害弟弟，父母便不允许他进他们的房间，即使是吃饭，也会盛到碗里，夹些菜，让他在自己的屋里吃。他经常偷偷地蹲到父母房间的门下，半弓着身子向屋里望去，当他看到母亲怀里的弟弟时，满脸幸福地笑了，口水顺着嘴角流出来。

　　其实他很小的时候，父母和爷爷奶奶也曾疼爱过他，只是逐渐长大，年龄相仿的孩子已经学会说话走路时，他的嘴里却说不出一个字来，目光呆滞。到县上的医院检查出是脑疾后，爷爷奶奶把怨气撒到母亲身上，积年累月，母亲便把委屈强加给了他，于是，他经常因为一些小事，要挨上一顿打。

　　弟弟慢慢长大，已经牙牙学语，蹒跚走路，全家人心头的石头总算落地。他也高兴，有几次，弟弟伸着胳膊，向他走过来，他兴奋得手舞足蹈，只是母亲总会慌忙地跑过来，把弟弟抱开。

　　弟弟学会了叫爸爸妈妈、爷爷奶奶，可是从不会叫哥哥。他多希望，他能像所有的哥哥一样，被弟弟叫一声哥。为此，他每天在院子里，在自己的屋子里，都要吃力地大声喊,哥,哥。他想让弟弟听到,让弟弟学会叫他哥。

母亲看着弟弟玩时,他在三米外的地方,继续喊着哥,哥。母亲嚷他,一边玩去。这时,正蹲在地上玩的弟弟,抬起头看着他,竟然清晰地叫了一声哥。

他从来没有如此激动过,他拍着巴掌跳起来,忽然跑过去,用力抱住弟弟,眼泪和口水一起流到弟弟身上。

长大后的他看着总是在他眼前晃来晃去、对着他傻笑的哥哥,心中充满厌恶。他是自小被别人喊着"傻子他弟"长大的,他对这个称谓憎恶至极,也曾大声叫喊,我叫王君旺,不叫傻子他弟。也曾因此将那些孩子的鼻子打出血,可是没有用,他们仍旧那么叫。

他渐渐习惯了,却加深了对哥哥的恨。

城里的亲戚来家里,带来了农村没有见过的糖果,母亲分给他六块,留给哥哥五块,想了想,又从哥哥的那份里取出了两块糖塞给他,这样的事情不是第一次,他理所当然地接受了。母亲把糖果给了哥哥时,他透过门外的玻璃看着哥哥把那几块糖放到枕头下,顿了顿,又拿出来左看右看,才放进口袋里。

次日清晨,他起床后,哥哥在窗外敲着玻璃对他笑,他没有理会。哥哥安静了一下,又继续敲窗,他不耐烦地推开窗,哥哥踮着脚把一只手伸过窗子里,他厌恶地躲开,哥哥摊开自己脏兮兮的掌心,是两块糖。他愣了愣,没有接。哥哥把手拿出去,摸了摸自己口袋,再次伸手进来时,已变成三块糖,他含糊地说,吃,弟吃。

那天,他没有吃哥哥的糖,悄悄放回哥哥的枕头下。哥哥发现后,又拿出来给他,着急地跺着脚说不出一个字来,干脆把糖纸剥开,往他嘴里塞,他张开嘴,终于吃下了哥哥的糖。

那天,他清晰地看到哥哥眼里,流出了眼泪。

那段时间,他得了急性肠炎,吃了几天药后,又可以回去上学了。只是最后两片药,任凭母亲说什么,他都不肯再吃,他讨厌那种黄色药片的苦味。

他和几个同学在前面走,哥哥像以往一样在后面跟着,他已经习惯了,不回头看。一个同学说,傻子他弟,你傻子哥就这么天天跟着你,你有一天也会变成傻子。他停下来给了那同学一拳,那同学捂着胸口嚷,小心你们全家都变成傻子。他们厮打起来,他被那个同学压在身下,忽然对方的身体轻飘飘地离开了他,是哥哥。

他从未见过哥哥使过这么大的力气,把那个男孩举起,摔在地上。男孩顿时在地上滚着喊疼。另外几个同学跑开向老师报信,他害怕了,回家父亲一定会揍他的,是他惹了祸。哥哥还在对着他笑,那一刻,他恨透了母亲,为什么会生下一个傻子给他当哥哥。

他用力推了哥哥一把,气愤地吼,谁让你多管闲事,你这个傻子。哥哥被他推得靠到树上,傻呆呆地看着他,忽然趴在地上,脸几乎贴在地面上,一点点寻找着什么。

他想得找个地方躲一躲,以免挨老师训,挨父亲打。哥哥在地上爬起来后,追上他,在身后喊着,弟,弟,药。他回头,哥哥手里是两片沾了泥土的药片,治疗他肠炎的药片。

那天,父亲让他和哥哥并排跪在地上,竹竿无情地落下来时,哥哥趴在了他的身上。他能感到哥哥的颤抖,哥哥说,打,打我。

拿到大学录取通知书那天,父母乐得合不拢嘴,哥哥也跟着高兴得又蹦又跳,像个孩子。其实哥哥并不明白什么叫大学,但是他知道,弟弟给家里争了气,现在再也没有人叫他傻子,而是叫他"君旺他哥"。

他离开家的前一天晚上,哥哥还是不肯进他的屋子,而是敲他的窗,让他出来。哥哥给他一个花布包,他打开,竟然是几套新衣服。他当然记得,那套蓝色的,是几年前姑姑扯了布,给他们哥俩做的;那套灰色的,是母亲给他买的生日礼物,他嫌弃颜色难看,母亲就给了哥哥,又另外买了一套给他;还有那件黑色的夹克,是城里姨妈送的。

原来,这么多年,哥哥一直都没有穿,而是把这些新衣服都积攒起来留给他。可是,他以及父母,却从未注意过,哥哥是否穿了新衣服。甚至,如果让他回忆,他根本不知道哥哥平日里穿着什么。

哥哥还是多年前傻笑的模样,只是眼里多了几分期待,他知道,哥哥是希望他看到这些新衣服后高兴,哥哥知道他最喜欢漂亮,喜欢穿新的衣服,只是,哥哥不知道他在不断长高,衣服的款式也在不断更新,那些几年前的衣服,他已经无法穿在身上了。

此刻,他才注意到,哥哥穿在身上的衣服磨破了边,裤子也已经短了,穿在身上,滑稽得像个小丑。

他鼻子微微发酸,这么多年,除了儿时的厌恶和长大后的忽视外,他还给过哥哥什么呢?

　　他假装收下了衣服,高兴地在身上比量,问,哥,好看不? 很久没叫出这个称呼,吐出来有些艰涩,哥哥很用力地点头,笑的时候嘴巴咧得很大。

　　他在纸上写了两个字,"兄弟"。他指着"兄"字对哥哥说,这个字读兄,兄就是哥哥,又指着"弟"字,这个字读弟,弟弟就是我。"兄弟"的意思就是先有哥哥,后有弟弟,没有你,就没有我。

　　那天,他反复地教,哥哥就是坚持读那两个字为"弟兄",间断却很坚决地读,弟,兄! 走出哥哥房门时,他哭了,哥哥那是在告诉他,哥哥心中,弟弟永远是第一位的,没有弟,就没有兄。

心灵感悟

　　"兄弟"的意思就是先有哥哥,后有弟弟,哥哥应当照顾弟弟,弟弟在哥哥心中永远是第一。

有一种爱，会在不经意间刻骨；有一种相遇，会在天意安排下完成；有一个人，会让另一个人与幸福相随。感恩那种刻骨的爱情，它让人懂得了爱情的宝贵，同时也清楚了爱情的甜蜜。

爱 的 示 意

　　为给女儿黛娜找件衣裳好让她去参加化装舞会,我在阁楼的旧衣箱里翻来倒去,目光突然触到一只用绸带系着的小盒。我早已忘记了里面的东西,不过既然是用绸带系着,我想一定装着些有纪念意义的物品吧。坐在阁楼里,我听见丈夫汤姆在儿子托德的屋里叮叮当当地敲打着。星期六汤姆竟做这些木工活儿,上星期为我做了一只花架,今天又在给托德做采石标本箱。

　　我提起小盒匆忙解开绸带,就在揭开盒子的一刹那,我想起了里面的物品,我怎么能忘得了呢!这里是我年轻时的乐园,后来又盛下多少少女的梦幻!里面装有我第一件情人节的礼物,是汤姆送给我的,还有一条坠有金足球的链带,那是汤姆上大学时参加校运动队得的纪念品。

　　我一层层揭开我们相处的岁月:一朵枯萎的玫瑰,我18岁的生日项链,缠绵的情诗和略带伤感的书信……

　　往事如潮,我又回到初恋的时光,那金子般的岁月。有多少酸苦而又甜蜜的争吵和泪眼蒙蒙的和解,有多少青春的狂热和缱绻的相思。汤姆曾是那样专注,那么痴情。一颗泪珠滴到绸带上,我烦躁地揉了揉眼,提醒自己:"你都34岁的人了,还有什么浪漫可言?"

　　一种近似悲凉的情绪袭上心头:好久了,汤姆再不送我华而不实的礼品了。我从不怀疑他仍然爱我,当我俩躺在床上悄谈,当他的双臂有力地拥抱着我时,一切仍是那样充实甜美。可我仍然怀念以往溢于言表的恋情,盒里装着的爱的表白。

　　晚饭时我有些抑郁,托德和黛娜谈得正火热,丝毫没有留意我的情绪,可我知道,有一双眼睛正关切地注视着我。汤姆端了一盘碟子随我走进厨房:"兰,有什么心事,能不能告诉我?"我似乎很为难,话说不出口。我揩干手,从罩衫里掏出那条足球链:"还记得不?"

　　"嗨!"他容光焕发,高兴地咧嘴笑了,"从哪儿找到的?""阁楼的旧衣箱,一只小盒里。"

"盒里还有好多东西,"我说,"有礼品、有诗,还有我俩来往的书信。那时候我们多浪漫,多亲密,像是生活在梦里。"

"兰……"他看得出我要哭了,伸手把我搂在怀里。

"那时你爱我爱得——爱得那么深,"我贴着他的格子呢衬衫喃喃地说,"我们现在怎么了,汤姆? 当初的柔情哪儿去了?"

"是生活改变了我们,兰,我们从梦中挣脱出来,开始了现实生活。"

"可它多美好! 不该变的,我们不该失去那一切!"

他搂着我的手轻轻松开了。

"是的,那一切确实美好,可谁又能永远保持那种激情呢? 总是要变的。"他从椅子上拾起报纸,离开了厨房。

我开始刷洗精致的餐具,抚慰自己心灵的创痛,没有考虑他是否也受到刺激。

我记起艾米莉姨妈生前送我餐具时说的话:"记住,孩子,这餐具每天都要用。"看我不解的神情,她又说:"只有不断使用的东西才有其永恒的价值,用的时间越长,它就越珍贵,而它自身也在不断地使用中增色。"

我看了一眼手中的银匙,它的光泽柔弱,却富丽深沉。这些年来我们的银餐具越来越漂亮,我知道这些银餐具丰富了我生活的岁月,它们本身也更富有价值。

我凝视着窗外,花木丛生的庭院,融入淡淡的暮霭之中。艳丽的玫瑰,丛丛的花木都经过汤姆精心栽种和修剪。他搭的储藏室,此时多像一座童话世界的小木屋!

那时汤姆热切地拉着我的手,来看他安在储藏室的蓝色白边的门。

"我自知比不上莫戈帝的灵庙,"他得意地扬扬手,"不过还有点风格,对不对?"

"挺有风格!"我又是高兴又是羡慕地赞同。

哦,还有,还有他给我的非洲紫罗兰设计的花架,还有托德的采石标本箱——"水晶宫,妈妈,这简直是水晶宫,"——又是一幅爱的杰作。

这些不过是汤姆最近赠送给家庭的几件礼物,他送了我们多少礼物,这些礼物又倾注了一个真正理解了爱和关怀的男子多少心血!

我怎能因为他不再有爱的示意,就认为这是自己生活的缺憾呢? 一只纸盒可能容纳我们婚前深深的爱恋,而这个家却包含了我们日益丰富的人生。

我在围裙上揩干手,听见电视机声,我想,汤姆一定在看晚间新闻,我去找他。

走到门前,我停住了脚步——屋里空无一人。我知道伤了汤姆的心,不过他总有解脱的办法:把每件事在脑中过滤,再解决。

我正要走开,差点撞到他的怀里,他默默地站在我的身后。

"啊!"我的声音颤抖了,"我正找你哪!"

"我不是在这儿呢吗?"

"汤姆……"

他从背后伸出手,啊!一朵用信纸包着的玫瑰花——最心爱的花。

"小心点,"他说,"当心刺。"

我扑过去,紧紧地拥抱着他。

"是真的,兰,我们不可能回到18岁,但爱的示意无论哪个年纪都是美妙的。"他吻了吻我的前额。

"本想再附首诗,可是……"他的双唇摩挲着我的脸颊,"有些东西远远不是语言能概括的。"

心灵感悟

只有不断使用的东西才有其永恒的价值,用的时间越长,它就越珍贵,而它自身也在不断地使用中增色。

陪我跳支舞

父亲是个脾气暴躁而且一点学识都没有的男人,不喜欢看书,也不喜欢听音乐。不过有件事,我却怎么也搞不明白,每次父亲只要一发火,母亲就会打开留声机,放上那首古老的音乐——最后的华尔兹。然后,父亲就会把脸上所有愤怒的表情收起来,面带微笑却笨拙地和母亲跳上一曲华尔兹。多少年来,父亲发脾气的次数真的很多,可母亲这一招却是屡试不爽。

我和妹妹都这么猜想,母亲肯定是捏住了父亲什么痛脚,才让他在这首曲子面前像变了一个人似的。例如,父亲和这曲子有关的某一次浪漫的"出轨",却得到了母亲的谅解。随着年龄的增长,我们都非常渴望能够解开这个秘密,好让严厉的父亲在我们面前也"老实"一点。但让我们失望的是,不管我们怎么向母亲探听这个秘密,母亲就是秘而不宣。

时间荏苒,转眼间,我和妹妹都已为人妻,为人母。今年是父母的金婚,母亲在我们的强烈要求下,终于向我们坦白了这段动人的往事。

母亲对我们说,那时她还是个待字闺中的女孩,因为温柔漂亮,镇上许多小伙子都对她情有独钟,父亲自然也不例外。在一次圣诞舞会上,所有的男孩子们都排着队请母亲跳舞。父亲是第三支舞,那支曲子恰好是那首"最后的华尔兹"。但父亲并非是个擅舞的人,还没跳几下,他就不小心踩到了母亲好看的坠地长裙,顺势撕裂的口子一直破到了裙子的腰际。母亲慌得脸都吓白了,在那时这样的情况是很容易被传出来当笑柄的。为了帮母亲把这个窘态掩盖住,一贯内向的父亲竟然当众脱下自己的长礼服,给母亲套上。

"这又有什么,你就因为这样爱上父亲了?"妹妹听到这里,不屑地问母亲。

"你哪里知道,那个时候你父亲因为家里穷,根本没有时髦的衣服去参加晚会,那件长礼服还是借来的呢!脱了那件外套,里面那件破破烂烂的内衣和肮脏的长裤就露出来了。要知道,你父亲是个多么要面子的男人呀,没想到他竟然为了我连面子都可以不要了。当然,旁人一见到他里面的旧衣服,都在嘲笑他呢,他却什么也没说,低着头走了。"说到这里,母亲的脸上全是幸福的表情。

当然,和这首曲子故事有关的还没这么简单。就这样,母亲爱上了父亲,不顾家里的反对,嫁给了一文不名的父亲。没料到结婚才几个月,父亲就意外地遭遇了一场车祸,医生说父亲的一根脊椎神经受了损伤,下半身有可能会瘫痪。

父亲在那段时间,每天在家里的床上躺着,哪里也不能去,还要接受母亲的照顾,父亲感到很受刺激,脾气也变得越来越暴躁,病情也开始持续恶化。父亲又一次昏倒,迷迷糊糊中,他忽然听到了一阵熟悉的音乐声,就是那曲让他们一见钟情的"最后的华尔兹"!还有母亲轻柔的耳语:"克来恩,快醒一醒,听到了吗,是谁家里在放那首'最后的华尔兹'呢,不要忘了你说过要陪我跳一辈子华尔兹的……"在母亲不停地呼唤下,父亲终于醒了过来。

"可以说,救了你父亲一命的,是那首曲子!"即便已经过去多年,母亲重新回忆起这件往事,还是泪水涟涟。

从那以后,也不清楚是怎么了,那户人家的留声机每天傍晚都会响起各种各样好听的曲子,尤其是那首"最后的华尔兹",更是每晚必唱。

当曲子响起时,父亲脸上的表情还是漠然的,他甚至不耐烦地捂起了自己的耳朵,还大声吼叫着母亲,要她赶紧去叫那家人关掉留声机。可母亲却只能无奈地看着父亲,低声说:"但是,克来恩,我要怎么对人家说呢,人家买了留声机总不能不让人家听音乐吧!"父亲知道,母亲还有一句话没说出来,那就是留声机的价钱不便宜,一个拥有留声机的家庭肯定不简单,像他们这样的穷人又怎么能够提出这样无理的要求呢!

"亲爱的,我们也来享受这音乐吧!"后来,当音乐再飘荡过来时,母亲就会轻轻地握住父亲的手,把两根手指当成手臂,两根手指当成脚,牵着父亲用手跳舞。开始,父亲觉得这样做很无聊,用力地甩开母亲的手。但在母亲的坚持下,父亲逐渐地妥协了。跳着跳着,父亲感觉脚底下也有了一种想跳舞的冲动。他开始对母亲说,愿意接受医生说的那种物理疗法,他想牵着母亲真正地跳一曲华尔兹。

于是,开始有医生、护士,甚至一些以前的好朋友进出这个简陋小家。父亲的脸色终于开始红润了,脚底下也有了些劲儿,在旁人的牵引下,他能站起来了,能挪动脚跟了,能小走两步了……

车祸后第一次跳起华尔兹时,母亲让父亲把脚尖略踩在她光滑的脚背上,把身体在她柔弱的肩膀上斜靠着,把心栖息在她坚强的心上!奇怪的是,当天晚上,邻居破例没有再放他的留声机,不过没关系,聚在家里的朋友们一起深情地哼起这首熟悉的曲子来,同样地那么悠扬动听。

说到这里,我和妹妹终于是摸清了一点头绪。原来,那首"最后的华尔兹"背后还有那么一段动人的故事,不过遗憾的是,不是我们从小就处心积虑想要抓住的"痛脚"。

在点燃他们结婚纪念蛋糕上的蜡烛前,母亲忽然害羞地对父亲说:"亲爱的克来恩,其实,有个秘密我一直没对你说,趁着今天这个特殊的日子,我觉得是应该对你说的时候了。"

原来,那个播放出美妙音乐的留声机并非哪个富有邻居的奢侈品,而是母亲瞒着父亲卖了所有的陪嫁品,还有四处在外面打工赚钱买下来的。她明白,父亲那时已经失去了生的意志,除了那首好听的曲子,她不知道该怎样恢复父亲生活的希望。当然,为了不使父亲察觉,她特意把那台昂贵的留声机送给了邻居,唯一的要求就是能在每天傍晚放上一曲"最后的华尔兹"。

听到这里,我和妹妹都哭了,我们都无法想象,在那样艰难的岁月里,像母亲这样一个柔弱的女子,要在外面做怎么样辛苦的工作,才能挣够买一台留声机的钱。父亲更是握着母亲的手,感动得什么话也没说。

吃完蛋糕,母亲和妹妹去厨房洗碗,父亲望着母亲走远的背影,狡黠地朝我一笑,凑到我耳边,悄悄地对我说:"你母亲还以为我一点都不知道,其实,我早已洞察了一切!"

原来,就在那个音乐响了几天后的夜晚,父亲听见了母亲在门外和房东的争吵。房东责怪母亲几个月都没有把房租交给他,大声说要把他们赶出房子。母亲则恳求着说家里条件不好,只要一有钱就会交给房东的。房东更生气了,怒斥说:"你连买留声机的钱都有,还没钱交房租!"也就是在那个晚上,当母亲满是粗茧的手握着父亲的手跳舞时,他没有再拒绝!

"不过,既然你母亲老是装出一副享受免费音乐的快乐样子,我就一直装作什么也不知道!怎么样,我的演技比你母亲的高超吧!"父亲笑着望着我,像一个孩子,我却分明看到有泪光在他眼里闪动!

心灵感悟

> 坚持爱情,便能无怨无悔地付出。唯有付出,才能换来长相厮守的爱情。

因 爱 改 变

宇是一家银行职员,工作很轻松但也有点闷,因为生活总是那么枯燥。闲时也搞点副业,增长见识,比如前段时间市场炒得沸沸扬扬的股票。

说起股票,今年二十五岁的宇却已有五六年的炒股经验了。虽然业绩平平,然而通过一段时间的努力,他也从中赚了不少钱,当然,这也是他脑力劳动的一种回报。不久,他也正准备买下单位出售的商品房。生活,他总是积极向往的,对于爱情这个古老的传统,他却持一种消极的态度:只谈朋友,不谈婚姻。似乎婚姻就如枷锁一般,不是他无力供养家庭,而是他不想。

小亚是读大三时认识宇的,一次偶然的相遇:那是一个炎热的星期天,小亚搭公车从学校到市中心图书馆,而宇也有去图书馆阅览室看书的习惯,那天的公车特别热闹,大家挤得是人贴人。小亚的身子觉得在车上摇来晃去的,不觉后面一只手伸向小亚身后的背包,宇正好看见了,就一把抓住小偷的手,而公车刚好到站,小偷也趁人多逃脱了。为了感谢宇,小亚特意邀请宇吃了一顿自助餐,两人就这样认识了。过后,宇不上班的时候就会来学校邀小亚出去玩,两个人也就慢慢地熟悉了。

半年后,小亚大学毕业,经过一连串复杂的面试,过关斩将,进入了一家待遇不错的公司上班。和宇谈恋爱,完全是小亚犹料不及的。因为宇的温柔,因为宇的好,在宇吻她的那一刻,小亚开始喜欢他,但仅仅只是喜欢。

两个人阴错阳差地牵在同一条线上,虽然平时相处不错,但小亚始终不能忘记她的初恋情人豪。在广州读大学的豪变了,不再像以前那样对小亚好了。以前三天五天总能收到豪的一封信,现在一个月两个月也不见一张纸片,留给小亚的只有漫漫长夜和无尽的思念。终于有一天,小亚收到豪的来信,信中说他和小亚一起不适合,他在广州生活得很好,而且他觉得和小亚一起距离已经太远了,长痛不如短痛。曾经拥有并不代表天长地久,小亚最终放弃了这种漫无边际的爱。不久后,小亚成了宇的女朋友。

宇对小亚真的很好,处处依着小亚,顺着小亚,宠她,爱护她。但始终不敢逾越道德的红线:因为宇不想太早背负婚姻的包裹。

小亚不是开放的女孩,她要把自己最宝贵的东西完完全全给予丈夫,她始终认为,只有丈夫才有那样的权利。从一开始,小亚就很明白宇对婚姻的排斥,他需要的只是自由的爱,他要完全自由。每当小亚接触宇那对迷茫痴情的眼睛时,小亚自己也迷茫了。

"他爱我吗?"在心中不禁暗暗问自己,但确确实实在宇的怀抱里呀。

宇的爸爸对他管教很严格,怕他朋友太多,学坏。他的家里极少甚至没有女孩打过电话或去家里,所以,小亚对他的家庭模式既好奇又可气。因为每次提及去宇家时,宇总是支吾了事,推推搡搡,小亚在心中总有些许的不满和失望,也开始怀疑宇的真诚。

三番两次遭拒绝后,小亚也不再提及此事,更不想因为这样而影响他们的感情。

日子一天一天地过去,小亚已经从一个单纯的校园女孩成长为一个成熟的女人,而她和宇的关系仍处在男女朋友阶段,也是"地下式"的。渐渐地,小亚开始思索他们的问题了:是走还是留?正好公司要派人驻外地工作,小亚争取了个机会,一则好好思考她和宇的问题,二来也需要时间好好静静。

离开的前一天晚上,天空星云密布,突然,黑漆漆的天空上响过一道闪电,接着远处天边轰隆隆的雷声在空中猛响,一阵滂沱大雨倾泻而下,小亚家的门铃突然猛响不停,好像很急促一样。是宇,他一口气跑到小亚家中,大雨早已将他打湿了。一开门,宇就瞅见一旁已收拾好的行李。跨步上前,一把抓住小亚的手:"你真的要走?"眼睛直勾勾地盯着小亚,小亚低下头,不语。

"难道我们的感情已经结束了?"宇的喉咙一阵哽咽。

"不要走,不要走,让我照顾你,让我照顾你一辈子。"宇激动地说。

"什么?"小亚有点不可置疑地看着他。

"让我照顾你一辈子,嫁给我,不要走,留下,为我,为我们的将来。"

"你不是只谈爱情不讲婚姻的吗?为了我,你愿意放弃你的原则吗?"

"我愿意,我愿意,为了你,我愿意。因为……因为我爱你。"说完宇一把把小亚拥入怀抱中,紧紧地,生怕一松手小亚就会不见了似的。

泪水从小亚的脸上流下,小亚也紧紧地抱住宇,因为这么久以来,如果没有宇的照顾,独自在异地工作的她唯有辛酸和凄凉,何况,不知不觉,她也从内心慢慢地接受了宇。宇的心里也是百感交集的,他终于明白:他爱小亚,虽然过去的感情经历难以忘记,但自从和小亚一起后,他的心灵慢慢地被小亚所占据。他的心,只有和小亚一起才能放飞,只有和小亚一起,才能脱下生活虚假的面具,放下繁重的工作,换上一身轻松。小亚的笑,小亚的一举一动都成为他生活中的一道风景,小亚也已占据了他生命中最重要的部分。

故事以喜剧落下帷幕,然而,以后的路会不会更难走,将来谁也无法预测。然而,结婚是两个人的事,以后的一切一切也都是两个人的事,既然是缘分的牵引,则更要好好地珍惜。

心灵感悟

结婚是两个人的事,以后的一切一切也都是两个人的事,既然是缘分的牵引,则更要好好地珍惜。

蓦 然 回 首

一

回到巴黎,我总是很高兴的,这次尤甚。因为一个半月来,眼前除了刺目的烈日、灼热的黄沙、罐装的淡水外,就是激动的阿拉伯人。一个长长的热水澡,一顿美食之后,我虽然悠闲自在,可总觉得好像有什么事会发生。

果然,当我溜达进旅馆休息时,正是7点半,首先映入我眼帘的是托尼·阿瑟斯特——我在中学和大学时的同学。

他身材瘦长,优美而结实,就像许多有名的登山家一样。

"啊哈,吉姆!"他像小男孩般快活地冲我招呼,"见到你太好啦!"

"我也是。"我边回答,边盘算着该不该问候他的妻子卡伦,据听说,似乎他的婚姻不甚美满,所以还是决定少冒险为妙。

"你这些时间都在干什么?"

他略显诧异:"你没看过报纸?"

"我待的地方是撒哈拉大沙漠。"我只好把采访石油勘探的事全盘托出。

"那么,你也没听说过《登山家夫妇的发现》这篇报道?"

我摇头:"总不会是石油吧?"

他笑了:"不是……它是写……噢,吉姆,在我遇见的所有人中,你是第一位不向我打听那事的人,鉴于你尚不知内情,我想跟你分享我的体验,我想从头说起——有些事对别人难以启齿……你是否觉得我企图恭维你?"

"的确有点!"我说。

服务员端来了饮料，我们边喝边谈。

"实际上，4年前就开始了。"他说，"那时，卡伦与我刚刚结婚。"

我回忆起了他们的婚礼——当时社交界的一件大新闻，托尼和卡伦周游列国，度过了一个漫长的蜜月。

可是后来，事情竟然起了变化。那并非由于他俩彼此厌倦，而是因为卡伦厌恶山。

她从未设法阻止托尼——他也小心翼翼地遵约守定，只是周末才去登山。卡伦从没说过他一个字，可是他知道她烦躁不安，这便弄得事事全都不对劲儿了。他为追求这桩除了婚姻以外的唯一乐趣而内疚。

托尼说："去年冬天，我组织攀登安第斯山，当然，我们的冬天正是那儿的夏天。我让卡伦随便在哪儿等我，就是不要到南美去，我想成为第一个登上拉多罗若沙山峰的人，怎能为她分散精力呢。卡伦没说什么，但我知道伤了她的心。为此，搞得我差点儿取消了一切计划，但是到了最后关头，我觉得这是自己的软弱。"

"于是，我故意将出门的时间超过了原定的3个月……"他停顿下来，呷了口饮料，"6月里，我心舒气畅地回来，略感忏悔。……麻烦的是……"他突然变得嗫嚅起来了，我看见他的手指紧紧地捏着杯子，"她有了外遇。"

我什么也没说，也感觉没什么可说的。

"当天夜晚，她就全对我说了……她说她主要是为了惩罚我，因为我撇下了她……她很难过，请求我的饶恕。"

尽管天气很冷，但是托尼的前额仍然汗珠晶莹。

"天知道。"他说，"我想，这事已经过去了，她再也不会对我不忠实了。卡伦那么美，总是神采飞扬，高傲矜持，从理智上我全能理解，可是从感情上说来却……"他摇了摇头，"我们再也不能像夫妻那般了，这样过了几个月，大约是三周前吧，我对她说：'离婚吧。'"

托尼又说道："第二天，卡伦要我带她上山去。她认为如果能了解山——那使我心驰神往的山岭，也许，我就能谅解她。我们出发了，当然，并不是真去登山，但我也有预感——一旦我们真的登上高山，说不定能找到问题的症结。"

尽管他没有再谈细节，可我还是能设想得出来，他俩是如何乘坐在那辆豪华的车内，看来又有钱又幸福，可有谁知道他们心事重重呢？

二

接着,托尼又给我讲了许多,使我知道了他们以后的一些事——他俩在山前的一家小客栈内住下,互相之间体贴周到,彬彬有礼,但只是同伴,再不是爱人。

第四天,他俩在一处冰坡上吃午餐。远处不勒斯克山和罗沙山的雪峰壮观奇丽,托尼将望远镜递给卡伦说:"看看吧。"

她举起望远镜,并未去调整焦距,刹那之间,托尼明白她什么也不想看。

"托尼,"她说,"看来还是不成,是吗?"

托尼心乱如麻,想说一切都会好起来的,但怎么也不能开口。这时,望远镜不知怎么从她手中滑了下去,眨眼工夫就消失在冰山的裂隙之内。卡伦惊呆了,惊呼道:"噢,托尼!"

那是托尼的父亲赠送给他的珍贵礼品。托尼小心翼翼地挪到山崖边,向下望去,峡底深不可见,所幸的是望远镜就在距他们约70米的一块突出的岩壁边,托尼简直不敢相信自己的好运气。

"不!"卡伦失态的叫喊声,刹那间透出她对冰山的全部恐惧。

"别怕。"托尼说,"我用斧头固定绳子。"

她脸色苍白,向幽幽峡谷瞥了一眼:"那么……请一定带上我。"

他俩面对面呆立了大约10分钟之久。15分钟后,他俩一起站在那岩壁边上,托尼捡起了望远镜,阳光从周围半透明的冰层折射出来:使人恍若置身于令人炫目的神秘海底。

"那是什么?"卡伦突然喊道。

前方约20米远的地方,好似有什么影像映在冰墙上。托尼拉着她小心地摸着冰坡向前走去。

竟是一幅粗犷美丽的雕刻画,像一张扑克牌那么大小。托尼当时在雪峰下看到这个,背上的汗毛都竖起来了。因为他见过那画上的动物,在法国南部的山洞内,那些卷毛尖牙的猛犸像是几千年前才有的……

这时,托尼感觉到卡伦使劲捏住他的手,他朝上看去,便全明白了——他和她!就在他们头顶的冰内,犹如被关在一个晶莹剔透的水晶柜中,简直就是活人,没有丝毫腐变。那个姑娘在下面,离他们近些,她的头侧向上方,托尼无法看到,但是她那黑色的长发,奇特的绑脚,却显现得一清二楚……她双臂向上伸去,朝着那个男的。他差一点儿就够着她了……他脸上的怜爱和痛苦一览无余。他匍匐着身子，正向姑娘递过一根短棍子之类的东西……

最外行的人也能猜出：或许是她一脚踩空，或许失落了护身符，因而跌到一个只能进不能出的冰穴之中，他来救她，而雪崩发生了……

<h2 style="text-align:center">三</h2>

托尼沉默了，周围人声鼎沸，他却觉得置身于孤岛似的。许久，他才继续说下去："当时，我就意识到这一发现将轰动一时，就是古代巴比伦城的发现也不能与他俩相比。但是，使我震惊的不是那不可思议的人体的保存，而是那种生死拆不开的挚情，他俩的爱越过千百年的时光，仍是那么栩栩如生……我突然觉得自己的渺小……"

不知何故，他突然缄口不言了。

"怎么样？"我敦促他快讲下去。

他的目光越过我向后看去，微笑着。原来是卡伦正朝我们走来，她朴素的黑色衣裙上仅带一样饰物——细细的金链上穿着那扑克牌大小的雕刻。她显得比我记忆中的更妩媚。

"噢，吉姆。"她对我说，"真是个愉快的巧遇！"

我慢慢地站起身来，此刻，我明白了托尼没说完的话，明白了他真正的发现何在。

她把手放在丈夫肩上："我来晚了，对不起，亲爱的。我打断你们的交谈了，是吗？"

"故事说完了。"我对她说，"可你并没有打断它，你就是故事快乐的结尾。"我为他俩高兴，非常高兴。

心灵感悟

夫妻之间生活难免会有些摩擦，双方都体谅对方，就会化解矛盾，最终向着幸福生活继续前进。

黄昏之恋

一个明媚的二月上午,我的电话铃响了。"玛乔莉·贺姆斯吗?"一个雄浑的男人声音问,"你救了我的命!我爱你。"

"真是个疯子,"我心想,不过我没挂断电话。我是作家,已习惯了听人家说话。他说他叫乔治·施梅乐,是住在匹兹堡的医生。八个月前他的妻子去世了,除夕夜,他伤心欲绝,就在那个时候,他发现了我的书,然后便想找个人谈谈。

"那是在她的遗物中发现的,"他说,"那夜我一口气把书看完了,它使我明白了生命多么宝贵。"

他是从马里兰州银泉镇他儿子家里打电话来的。"我知道你住在华盛顿市地区,我找到了你的夫姓,开始拨电话找这个姓的人。"最后,他找到了一个男子,那人说:"不错呀,她的丈夫是我的堂兄弟,在一年前去世了,我有她的电话号码。"

"假如你仍是自由之身,"乔治说,"我可以来看你吗?"

我很高兴,也很感动。但是很不巧,我告诉他,我就要出门去巡回演讲两个星期了。

"我会等你。"他说,"请答应我,你一回到家就打电话给我。"他的声音听起来很兴奋,不过有点焦急,"我们的时间不太多了。"

我演讲完毕回到家里,信箱塞满了盖着银泉镇邮戳的信封。里面是些短短的情书、笑话、诗歌和注上"有趣"两字的文章。

我遵守诺言打电话给了他,并建议找个地方见面,一块儿吃晚饭,请他一定要来接我。

那是好久以来我的第一次约会,我满怀期待,又很好奇。

我想到除夕晚乔治发现我写的那本书时我自己在做什么。当时我正看着电视上双双起舞的俪影享受着一个人的寂寞。"你要出去玩玩,妈妈。"我女儿梅兰妮呵责我。她语带戏弄,但眼睛里洋溢着关爱。"虽然我们都爱爸爸,我们知道你的日子很难过。他病了那么久,而且……"她迟疑了一下,"你应该过些快乐的日子!"

那天傍晚,乔治比约定时间早1小时到达,梅兰妮和她的丈夫哈里斯招呼着他。

我赶紧去打扮,设法不让自己太慌张。最后,我深深地吸了一口气,出来会客。

一个颀长、英俊的男人从座位上霍地站起来,手里捧着一大束玫瑰花。他长着卷曲的灰发、八字胡,以及我从没见过的那么蓝的眼睛。他眉飞色舞,像个学生,把花递给我。

"你那么娇小!"乔治嚷起来,不过声音显得好高兴。"我真可以把你放进我的口袋去。"

"而你那么高。"

"没关系,我们会很相称。"

他张开双臂,突然间我们已拥抱在一起。

我们在我家附近一家餐馆吃饭,他殷勤有礼、沉着迷人,也很风趣。从没有人使我觉得像跟他在一起那么舒服。晚饭后我们走回家,他开始用我所听过的最甜美的男声唱出我们都记得的歌。

后来,我煮咖啡时,他打开那用旧了的医生手提包,拿出他家的照片给我看。他太太卡洛琳看来很苗条、文静,照片有两个英俊儿子和一个可爱女儿,有乔治和卡洛琳在他们每个冬天去度假的佛罗里达海滩上的,还有他们去百慕大的游轮上的。"我们总是把婚姻放在第一位,"乔治解释说,"不过每个夏天我们也花很多时间在我们的湖滨小舍和孩子们在一起。"

"天哪!那你在什么时候行医?"我问。

"每次度完了假又没有再去度假的时候,"他大笑着说,"我是努力工作的。工作与游戏并重,爱情与祈祷兼顾。这是我一直设法遵循的座右铭。爱情最重要的是首先爱上帝,其次爱妻儿。"

"不先爱上帝,"他说,"我对别人的爱就不可能那么深。"乔治停顿了一下,声音变得不大平静。"像我过去爱卡洛琳那样,也像现在爱你那样。"然后,他出其不意地吻了我。

我非常兴奋,但不知所措。我不能确定自己的感觉,也想不出说什么好,只是说:"那太美了,你太太的人生观一定跟你的一样。"

"哦,她是了不起的。"他接着描述他们的婚姻生活。

他告诉我,卡洛琳不仅是他的爱人和伴侣,还是他的秘书和护士。她突然在他们的避暑小舍去世时,他大受震惊,几个月都未能平复。

　　然后,他发现了我的那本书。"它使我知道你也受过苦,知道许多人都在受苦,但是凭着上帝的帮助,我们可以继续活下去。"

　　他原先的沉着消失了。"你会考虑嫁给我吗?"他问,满眼恳求的神色。

　　我摇摇头。"不行,乔治。你仍深爱着你妻子。而且我也永远不可能成为像她对你那样的妻子。"

　　"但过去的已成过去,"他激动地说,"就在我听到你声音的那刻,一些莫名其妙的事情发生了。就像从漫长的噩梦中醒过来似的。还有,在我今晚真正看到你的时候,那不是由于你的书,而是你本人,是我们刚才几个小时内度过的美妙时光。我们彼此需要对方,请你至少尝试了解我。"

　　我解释那会很困难。他在匹兹堡行医,我则在忙于写新书。

　　"那么什么时候我再跟你见面?"

　　"一时恐怕不行。我明天就要出门参加一个书商会议。会后不久,我将飞往以色列逗留两个星期。"

　　"让我跟你一道去。"

　　"哦,不行,我抗议。"我坚决但和蔼地引他走向大门,并亲吻他晚安。

　　目送他的车消逝后,我不知道该笑还是该哭,多么卓尔不群的男人,我错失的究竟是个什么机会?"好啦,让它去吧,"我想,"我很可能永远不会再看到他了。"

　　虽然乔治可以从我的书中知道我曾经受过苦,但很少有人会猜想到我婚姻的秘密痛苦。自尊使我不愿把它显露出来。我丈夫林恩和我一直躲在大家以为是很成功的外表后面,过着"默然绝望的生活"。

　　真相是他不能给我所渴求的爱意。他是个好人,受人尊敬,是个模范父亲,也是个公司经理。但是他的工作压力太大了,年深月久,他慢慢坠入酗酒的深渊。跟酒徒生活在一起的寂寞是最难忍的寂寞。最后,在绝望之余,我打电话给我们的儿子马克。他终于说服了他父亲加入戒酒会。

　　那个造福社会的组织挽回了我们婚姻中余留的一点幸福,也很可能救了林恩的命。从那时起,他的生活有了目标,而且表现得很慷慨,又乐善好施。15年后,在1979年,他撒手人寰。

　　4月,乔治和我一直通电话保持接触。我对他完全着了迷,但是他每次求婚,我都拒绝。

在飞往以色列的飞机起飞之前,机场的广播器传呼我去接听从匹兹堡打来的电话。"在你走以前回答我,你能不能嫁给我?"

我哈哈笑着打断他的话,"我知道了,亲爱的,但是他们在呼唤我那班机的乘客登机呢。我回来再告诉你。"

我原已同意回来时陪他去海滨,所以我们去了。我们度过开心、无忧无虑的几天,一起游泳、吃饭、跳舞。我原本已爱上乔治的性格,在我们的海滨之游结束之前,我还爱上了一样甚至更重要的东西——他的头脑。他对许多东西入迷,而且能非常有深度而机智地表达他的意见。

复活节是星期日,我们的假期即将结束。我们坐在教堂里等候礼拜开始时,乔治把我的左手拉过去,然后把他自己的结婚戒指套在我的手指上。他轻声地说:"我,乔治,娶你,玛乔莉……"

我大吃一惊,设法阻止他出声。乔治却继续说下去:"你……愿嫁给我吗?"有几个人转过头来看我们,我赶快轻声道:"好吧,哦,好吧。"

他心花怒放,离开教堂后立刻打电话告诉他的家人。"什么?"他们问。"6月,"我听到乔治回答。"不,不行。"他挂断电话时我喊道。我解释说这个夏天我已经答应要做的事情太多了。"我们不可能在圣诞节以前结婚。"

"圣诞节?"乔治倒抽了一口冷气,"我们怎么能忍受分开那么久?""我们不得不忍受,我坚持。我们又不是小孩子。""正是这个道理,"他冷静地说,"我们没有那么多时间了。"

三个星期后,乔治开车送我到机场。我曾答应我的儿子马克一回家就去看他们。我们分手时都流下泪来,不过同时也很欢欣。我们所盼望、期待的多得很呢。

第二天早晨在马克家里,我快乐极了,情不自禁地在淋浴莲蓬下跳起舞来。我非常兴奋,尽力把腿踢高,接着就跌倒了,撞在浴缸的边上。

一时之间我痛得什么也不能想。他们立即叫来救护车,医生替我把四根断裂的肋骨用胶布固定住了位置。更糟的是,以后的那三天乔治都没有打电话来。我很伤心、困惑,甚至害怕。如果他的爱情在冷却,那怎么办?如果他的家人劝他重新考虑,劝他等一等,那怎么办?我第一次领会到我多么需要他。

最后,到了第三天夜里,他打电话来。马克告诉他那次意外的经过,然后把话筒递给我。我哭得很厉害,几乎不能讲话。

"亲爱的,我太抱歉了。"乔治说,"我是不想打扰你,我想你好好享受天伦之乐。"

"我们不要再等了,"我所能说的只有这句话,"你说得对。"

"谢天谢地。"他说。

我们在 7 月 4 日美国国庆日结了婚。在少女时期,我梦想嫁一个终生爱我如痴如狂的男人,结果事与愿违,我失望得很厉害。接着我慢慢成熟,接受了一些古老的真理:爱有多种,有浪漫的爱,也有至死不渝的爱。我们得到的警告是:浪漫的爱是瞬息即逝的。因此,我们必须安顿下来,安于现状。许多年来,我过的就是那样的生活。

接着乔治发现了我。在我们一起度过的 10 年 6 个月零八天里——他在 1992年死于肺癌,我同时享有浪漫的爱和至死不渝的爱,而且我领会到幸福的真正意义。

爱有多种,有浪漫的爱,也有至死不渝的爱。或者,也可以两者兼得。

重返爱情之路

我和丈夫也是经过恋爱后走到一起的。他人很内向,不善言谈。用现代女孩儿的话讲,他也算个很酷的中年男人了。

他也是律师,但他做得比我出色。由于职业相同,平时我们俩人都很忙。我们有了儿子以后,家务事多了起来,丈夫曾希望我放弃工作,回家做全职家庭主妇。可我不赞成丈夫的主张,我觉得一个女人怎么能为了家庭而放弃自己喜欢的工作呢? 在这点上,我对他始终心存芥蒂,耿耿于怀,觉得他是典型的大男子主义。我是个有主见的人,从上学的时候起,我就抱定了自强自立的信念。但作为妻子和母亲,我又必须要承担家务琐事。我这人很好强,家务事都是自己做,从来不请小时工帮忙。我想既然在外面能把工作做得很出色,在家里我仍然可以很出色。可能我的潜意识里不愿意让丈夫觉得娶了一个女强人而有所失落吧。我很在乎丈夫的感觉,所以感觉很辛苦,但我做到了工作家务两不误,也算是个好妻子和好母亲吧。

虽然我在努力地做好妻子,好母亲,好女人。但有时候我心里很不平衡,甚至有些淡淡的失落感。我丈夫平时的工作比我要更忙一些,他经常有应酬或有朋友之间的聚会,他经常回家很晚而且话也很少。我总觉得我们的婚姻生活随着时间的推移,越来越缺少激情和浪漫的色彩,很平淡,甚至有些沉闷。

我是个性格外向,比较热情活泼的人,在各方面对自己要求都很高。工作中,由于经常要面对不同的客户,所以我很在意自己的外表形象。我经常做美容,保护皮肤,总买一些名牌服装。平时接待客户的时候从化妆、仪表到装束都很精心。我觉得这首先是对客户的尊重,其次是要从外表上给对方一个好印象。这有利于我的工作。除此之外,在休息日全家一起外出的时候,为了引起丈夫的注意,我更是刻意地打扮自己,化上得体的淡妆,还特意把浓黑的眉毛修剪得柔和细条一些,穿上名牌套装,让自己看上去很有女人味。我觉得自己在外面很出色,但内心更希望得到丈夫的称赞和欣赏,但每次结果都令我非常失望。在丈夫眼里,我似乎就是他再熟悉不过的一件摆设,无论你怎么装饰,他都熟视无睹。他从来都不多看我两眼,我把自己的艺术彩照放在桌子上或屋子里,他会嘲笑说,屋里放那么大的照片多别扭呀,猛一看像遗像似的。

偶尔他也陪我去逛商店,但总是在门口或家用电器部等我。有时候,我让他和我一起去参加朋友的聚会,他总是一言不发地坐在旁边当听众。听着别的男士们滔滔不绝、妙语连珠地侃大山,我对丈夫会有些失望,觉得他这人不合群,太呆板,也让我挺没面子的。

他平时的举止和在生活里对我的态度总是让我耿耿于怀,一言难尽。久而久之,我内心产生了强烈的不平衡和失落感。我觉得他不重视我,不在乎我,甚至觉得他对我根本没有感情了。我在外面也是个能干又令人羡慕的女人,我也会面临着一些诱惑和令我想入非非的事情。有时候,我觉得外面的人都比丈夫在意我,欣赏我,不过我也只是想想罢了,从没想过真的去做。

前些日子,我突然发现自己左侧的乳房里面有肿块,当我去找专家诊断的时候,听到了令我心惊肉跳的两句话:"瘤子,立即住院手术。"当时我心绪大乱,如五雷轰顶,我想到了最坏的后果,以为自己得了乳腺癌。拿着那张诊断证明,我完全控制不住自己的情绪,泪流不止地走到了在外面等候的丈夫面前。他非常吃惊地看着我,因为平素的我在他面前总是表现得很好强,很冷静,从来没有表现得这么脆弱和无助。

但后来我发现他更脆弱,不是因为承受不了我的病情,而是因为太怕失去我。也就是在这个时候我才知道自己在他心目中的位置。许多事情都是我做完手术后朋友和家人告诉我的。在我住院前,他们单位同事打来电话问我:"郭虹,你们家发生什么大事了? 你一定要告诉我们。"我问他们:"怎么了?"他们在电话里很紧张地说:"你家程新今天来单位了,他情绪低落,心神不安,脸色非常难看。他请了长假,还拿走了很多现金。我们从来没见过他这样魂不守舍过。一定是你家发生了什么特别重大的事情。"他同事的电话让我有些感动,没想到平时似乎自信清高又冷漠迟钝的丈夫会因为我的病情在同事面前毫不掩饰地暴露出他的坏心情。

我住院后等待手术的那些日子,他在我面前总是表现得很轻松,有说有笑的。但在我不经意的时候,他经常会忍不住呆呆地凝视着我发愣,那时我会从他的眼光中读到他对我的依恋和温情。这是我们结婚以来多年不见的目光,也是我一直以来期待许久的目光。等他离开病房的时候,温习着他的目光我心里很感动,想流泪。那时候我在心里为自己祈祷,希望自己不是癌症。我有一种难舍今生,希望与丈夫重温旧梦的迫切心情。

后来我姐姐告诉我,他从医院回家后什么都不说,总是躺在床上望着天花板发愣,像个木头人。姐姐说没想到你的病让他那么伤心,他好像变了一个人,什么状态都没有了,看上去精神要崩溃了。如果你真有个三长两短,他可能也垮了。

手术前,大夫征求丈夫对手术方案的意见,说如果是癌症,要把乳房整个切除,问他的想法。他非常坚决地说:"一切从她的健康考虑,我不在乎她的身体手术后残缺不全和不美观,我只要留住她这个人,能继续和她生活在一起比什么都重要。"他发自肺腑的语言令当时在场的人都很感动。

我手术那天,开刀后躺在手术床上等着做切片化验结果。我丈夫站在化验室外面寸步不离地等着,他不停地看表,一秒一秒地数着时间。化验单拿出来了,当他看到化验单上写着"良性"两个字的时候,眼泪哗哗哗地流了下来。

那天我手术以后,丈夫非常高兴。他坐在床边目不转睛地看着我,仿佛我们是初恋的情人。晚上他请医生和朋友们去喝酒,可能是手术前过度的紧张和手术后的大放松令我丈夫处在大悲大喜的反差之中,平时酒量很大的他居然喝了两杯酒就醉倒了。他摇晃着身体走到大街上,不小心摔了一跤。他站起身来高兴地对着来往的行人们大声喊叫着:"哎,你们快过来呀!我要请你们喝酒。谁来我都请!"那天他喝得酩酊大醉,最后被朋友们送进医院急诊室里打吊针,一向有风度又持重的他出尽了洋相。

酒醉时,他对朋友们说,现在我才知道郭虹在我心里的位置,为了她的健康我可以放弃工作和所有的财产。朋友们开玩笑说,你不会是个情圣吧,凭你这么好的条件将来找个二十多岁的年轻女人也不成问题。可他却非常认真地说:"你们不懂,那是我内心的感受。"手术后,丈夫整天守在我的病床边。在医院的那些日子,我也顾不得仪表和风度了。整日素面朝天,穿着一件桃红色宽大的旧毛衣,可丈夫看着我的毛衣非常高兴地说:"你穿桃红色的衣服很好看。"我发现人有时候就是这么奇怪,平时我总是刻意打扮自己、费尽心机想引起丈夫对我更多的注意,结果恰恰令我非常失望。

出院后,丈夫似乎变了一个人,他主动要求陪我和儿子去丽江旅游,我们在一起照了许多照片。回来后他每张照片都仔细推敲,把效果好一些的挑出来说要放大。前些日子他陪我去看陈佩斯演的话剧《托儿》,这次和看蔡琴的表演截然不同。他看得很投入,很认真,在剧场里哈哈大笑,前仰后合的,还说有这种活动很不错,以后要多出来看看话剧和演出什么的。有一天,他从外面抱回来一大堆稀奇古怪的瓶瓶罐罐,说是花了好几千元从古玩市场精心挑选出来送给我的。我喜欢古玩瓷器,但一看他买回来的东西,我忍不住就笑了,对他说:"你上当了,这些都是假货。"可他一点都不沮丧,很开心地看着我:"管它是真假的呢,只要你喜欢就行了。"

丈夫的变化激发了我内心作为女人最温柔、最脆弱的东西。我不再是以前那么强悍和自主的女人了。我对丈夫多了几分敬佩,多了几分依靠。以前我觉得自己很独立,很自主,甚至觉得我随时都可以轻松地离开我的丈夫。但现在,我却对他有了一份深深的依恋之情。我这次有惊无险的病情像一块试金石,终于让我看到了埋藏在我们彼此心里那块爱情的金碑。我已经不再把自己的事业和收入看得那么要劲儿了,不再像平时那样把自己绷得紧紧的像根要断裂的弹簧。现在只想平心静气地好好享受丈夫对我的关爱和体贴,这种小女人被大男人呵护的感觉太好了。

告诉她你爱她

凯斯医生是一个老派的乡村医生,是我 20 年的密友。每次我去西部,都会在科罗拉多的那个小镇停留一下,去看望这个老朋友。有时他会给我讲一些我们认识的人的故事,这次是约翰和露易丝的故事。

约翰是个大农场主,人高马大,沉默寡言,没受过什么教育。他靠 50 只绵羊起家,兢兢业业干活,10 年后,已有了 2000 只羊以及足够饲养它们的牧场。接着,他在小镇的郊外买下了一个有紫花苜蓿的牧场,在那儿喂养他的羊羔。45 岁的时候,约翰已经是一个十分富有的人了。

约翰的妻子露易丝是个本地姑娘,读完了高中以后,在一家餐馆当招待。约翰第一次遇到露易丝是在一个夏天,当时她 20 岁。之后不久,约翰就开始每天驾车从紫花苜蓿牧场到镇上,10 点钟准时与露易丝一起喝杯咖啡。约翰出发和到达的时间是如此精确,你完全可以照着他的行动时间来对表。他就像风车一样有条不紊,如同四季的更替一般可信而准确。

在约翰面前,露易丝如小鸟般地啁啾,跟他谈天气、庄稼以及镇上的一些无碍大雅的流言。约翰只是看着她,微笑着,点点头,完了他会说:"我得去干活了,再见。"

他们就这样交往了 3 个月。一天早上,凯斯医生也到那里去喝咖啡,他听到了他们的谈话。约翰说:"露易丝,我想让你嫁给我。"露易丝像是惊得噎住了,差点喷了咖啡。一时间,整个咖啡店似乎就剩下了他们俩。露易丝说:"我也许会答应你,可是我要考虑一两天。"约翰点了点头,喝了口咖啡,然后说:"我得去干活了,再见。"

两个礼拜后,他们结婚了。在科罗拉多州的泉城度完蜜月后,他们在紫花苜蓿牧场安了家。露易丝让人重新刷了房子,用她从丹佛买来的各式各样的东西布置他们的家。整整一年,约翰家的工人就没断过,厨房是新置的,走廊是用玻璃做的。

可是凯斯医生知道,他们并非事事顺心。约翰曾两次请凯斯医生出诊,给露易丝看病。凯斯医生发现露易丝不快乐,身体也不太好。她说她的头经常疼得厉害,可是凯斯医生并没有检查出她有什么毛病。第二次见到露易丝的时候,凯斯医生问她约翰对她好不好。露易丝说,没有比约翰更好的丈夫了——只是,他不怎么说话,其实女人也愿意聆听。几个星期后,凯斯医生又在镇上遇到了露易丝。露易丝对他说:"我想很多疼痛大概是我臆想出来的,我已决定要像约翰那样强壮和坚强。"

之后,就再也没有他们的消息了,直到18个月以后。一天凌晨3点半,凯斯医生被一阵急促的敲门声惊醒。敲门的是约翰,他的车停在门外,发动机还在响着。"凯斯医生,露易丝病得很厉害,你得想想办法。"露易丝在车子里,疼得快晕过去了。凯斯医生马上把露易丝安置到了他有4个床位的私家医院。露易丝的阑尾破裂了。手术后快到黎明的时候,凯斯医生对约翰说,24小时之内还很难说,不过露易丝好像已经度过了危险期。约翰像孩子似的哭了。"她一定得好,医生,她一定得好。"

但是到傍晚的时候,露易丝的病情恶化了。凯斯医生给她输了两次血,可她还是越来越虚弱。

"我想我的身子太弱了,医生。"露易丝无力地对医生说。

"可我记得你说过,你要像约翰那样强壮和坚强。"

露易丝面无血色地笑了笑:"约翰太强了,他根本就不需要我。如果他需要我,他会说的,不是吗?"

"露易丝,约翰确实需要你,不管他说没说。"

露易丝摇了摇头,闭上了眼睛。

办公室里,凯斯医生对约翰说:"露易丝她不想好起来。"

"她必须好起来,医生。"约翰大叫道,"要不再给她输点血?"

凯斯医生解释说露易丝已经输过血了。

"我说的是输我的血,我很强壮,我的血够我们俩用。"

凯斯医生把约翰引到大厅:"告诉我,你爱不爱这个姑娘。"

"如果不爱她,我就不会娶她了。"约翰说。

"你告诉过她吗?"

约翰有点迷惑了,"我不是尽力把我能给的都给了她吗? 除此之外,我还能做什么?"

"跟她说说话。"

"我不善于言谈,医生,她知道这个!"约翰抓住凯斯医生的肩膀,"把我的血给她。"

医生想了一下,把约翰带到了实验室。他取了约翰的血样,检查。最后凯斯医生说:"好的,约翰,10 分钟以后我们输血。"

医生来到露易丝的病房,告诉她约翰要把自己的血输给她,他看到露易丝颤抖了一下。凯斯医生替她把脉,她的脉动非常虚弱,成功的希望很渺茫。

待护士准备好一切,医生把约翰领到了露易丝的病房。手术台就在露易丝的床旁,中间拉起了一个帘子。

约翰伸出一只大而粗糙的手,握住了露易丝的手,他说:"露易丝,我现在要让你好起来。"

露易丝没有看他,只是轻声说:"为什么?"

"你认为是为什么?"约翰提高了声音,"你是我的妻子呀。"

露易丝那边没有回答。护士把帘子放了下来,用棉签擦拭约翰的手臂,然后把针头扎了进去。约翰的肌肉骄傲地收缩着。"就快好了。"他对露易丝说。过了一会儿,他又问:"她怎么样了,医生?"

在帘子的另一边,凯斯医生把针头插进了露易丝的手腕,接着放开了管子上的夹子。凯斯医生的手搭在露易丝的另一只手腕上。

"还好,约翰。"他说。

"你觉得怎么样,露易丝?"约翰问道。

"还行。"露易丝低声说。

"输完血后,你就可以跟我一样大声说话了。"

露易丝的脉搏好像稍稍强了些。

"约翰。"她轻呼。

"嗯?"

"我爱你,约翰。"

一时的沉默。少顷,约翰说:"你一定要好起来!"

"为什么?"她细声地问。

"你一定要为我好起来,我需要你。"约翰犹豫了一下,声音哽咽了,"我爱你!"

露易丝的脉搏剧烈地跳动起来。

"你从来没有告诉过我。"

"我从来没想过应该告诉你。"

露易丝的脉搏平稳起来。"约翰,再说一次。"

约翰又踌躇了一下,然后重复了刚说过的话:"我爱你,露易丝,这个世界上你是我的最爱。我爱你,我需要你,上帝作证。我一定要让你好起来!"

医生把针头从露易丝的手腕中抽了出来,把血浆瓶和针头放在一边。他又检查了一下露易丝的脉搏。不可能?露易丝的脉搏变得平稳而有力起来。

"你怎么样了?"约翰问道。声音又一次失去了控制。露易丝没法回答,她在抽泣。

"她没事了。"凯斯医生说道,"你成功了,约翰。"医生给护士使了个眼色,护士把针头从约翰的手臂拔出,移走了手术台上的一个瓶子,把帘子拉开。护士和医生都离开了病房。

几分钟后,当凯斯医生再回到病房时,他看到约翰正握着露易丝的双手,跟她说话。

"当时露易丝仍然非常虚弱。"凯斯医生在结束他的故事,"但是我相信她会好起来的,她果真康复了。"

他摇头感叹:"这可真是个奇迹。约翰的血型与露易丝的根本不合,甚至有可能会使她死亡。不过,我给她输的是另一瓶血浆,约翰的血都流到了玻璃瓶里。露易丝需要的是约翰,她也的确得到了他。"

心灵感悟

既然心中有爱,便可以勇敢地说出来。以心换心,以诚相待,夫妻双方才能相知相爱,相伴终生。

感动你的 20 年

6 岁那年,在她生日那天,所有的小朋友一起玩过家家。可爱漂亮的她理所当然的当了新娘,新郎是另外一个活泼的男生,其貌不扬的他扮了轿夫。那时他把她当成了自己心目中的新娘,对自己说:将来一定要娶她。

8 岁那年,他和她都已经上了小学,在同一个班级。虽然两家离得比较远,每天早上他总会早早起来走上好一阵子来到她家楼下,等她一起去学校,然后又一起放学。来自农村的他并不活泼,也不爱笑。班里的女生没有几个愿意和他一起玩耍的。他总是远远地看着她开心的样子。

10 岁那年,他第一次去了她家里玩,调皮的她在打闹时用杯子把电视机的荧光屏砸坏了。他安慰她不要害怕,也不要哭,并且在她父母回来后承认是自己干的。她的父母带着他们找到了他家,看了看他们家,无奈地叹气走了。她永远也忘不了他被妈妈打时,一滴眼泪都没有流的样子。

11 岁那年,班里一个女生有一枝非常漂亮的自动铅笔,是从国外带回来的。她非常的羡慕,也想要一枝。他找遍了大街小巷都没有,无奈的他只好在课间偷了它。上课后那女生哭了,老师一个一个翻抽屉找了过去,终于在他的抽屉里面发现了。于是在很长的一段时间里,他都与“小偷”这个词相伴。没有同学愿意理他,除了她。因为只有她自己知道,她对他说过非常羡慕的话语。

13 岁那年,她过生日。所有被请去的朋友都送上了精美的礼物,只有他因为没有零花钱,用泥巴捏了两个小泥人送给她。在他心中,一个代表了她,一个代表了自己。她并没有介意这份寒酸的礼物,微笑着收下了。

14 岁那年,他和她已经初二了。虽然不在一个班级,但是他们依然保持着亲密的联系。许多小时候的伙伴都相互疏远了,只有他们两个是例外。她开始恋爱了,是一个高大帅气的男生。他也默默地停止了每天放学和她一起回家。

15 岁那年,他的父亲因为意外去世了,只有一小笔抚恤金。他变得更加沉默了,但是学习却一直是全年级第一。她失恋了,他第一次看见她落泪的样子。没有安慰的言语,他只是无声地递上了一张纸巾。

16岁那年,毕业中考来临了。她的成绩不很理想,进了一所普通中学。他的成绩相当好,却自愿填报了和她一样的中学,他们又在一个班级了。别人都认为他是因为可以免去学费,才去普通中学,只有他和她自己清楚是为了什么。

18岁那年,他已经要用刮胡刀了,而她也出落成了学校有名的美女。虽然高考的压力越来越大,他们还是会经常在一起。他总是会很耐心地给她讲解难题,所有的同学都以为他们恋爱了,只有他们两个自己知道这不是爱情。

20岁那年,他们已经大二了。她是靠父母走关系进了这个城市的这所大学学习管理专业。他也在这个大学,虽然他的成绩足以上更好的大学,虽然他最喜欢的是物理,但是他还是填报了和她一样的专业。这一次,老天非常眷顾他的苦心,他们又在一个班级了。

21岁那年,她交了大学里的第一个男朋友。只持续了半年,分手之后她发现自己怀孕了。他还是沉默着带着她去做了人流。沉默着忍受了医生的冷眼和斥责。为了照顾她,他几乎向所有的朋友都借了钱,直到工作后才陆续还清。

22岁那年,四年风花雪月的岁月过去了,他们毕业了。他可以去上海的一家大公司,但是他想留在这个城市,因为她也留了下来。毕业酒会上,喝醉了的她当着全班同学的面对他大叫:"你已经跟着我十几年了,求求你不要再折磨我了好不好!"他还是沉默了,最终一个人去了上海。临走那天她没有去车站送他,因为她一个人躲在家里哭了一天。

25岁那年,她结婚了,丈夫是公司的老板,她不知道该不该通知他。婚礼那天他还是去了,只说了一句话:"祝你们白头偕老。"然后就离开了。看着他离去的身影,她的眼角有些湿润了。

28岁那年,她的丈夫有了外遇,她毅然选择了离婚,一个人带着两岁大的女儿。

一天她在听《十年》这首歌曲时,听到这段时:

十年之前/我不认识你/你不属于我

我们还是一样/陪在一个陌生人左右/走过渐渐熟悉的街头

十年之后/我们是朋友/还可以问候

只是那种温柔/再也找不到拥抱的理由/情人最后难免沦为朋友

直到和你做了多年朋友/才明白我的眼泪

不是为你而流 / 也为别人而流

她忽然才意识到,原来他们认识都超过 20 年了。她打电话给他,在电话里倾诉了一切。三个月后,他结束了上海的工作回到了这个城市。尽管他在上海发展得相当不错了,但是他给她的解释很简单:自己仍旧孑然一身,反正在上海也没有什么好牵挂的,就回来了。

30 岁那年,在她生日那天晚上,他向她求婚,她要求给她个理由。他沉默了许久,终于说出了埋藏在自己心间多年的那句话:"我爱你!"那一刻她的泪如泉涌。多年以来,她听过太多的异性对她说出这句话了。然而,只有这一次,她确信自己会终生铭记。

他们结了婚,日子很平淡,也很美满。他主动要求不要小孩,把她的女儿当成亲生的一样照顾。他告诉了她,当年 6 岁时过家家游戏上自己的梦想,现在终于实现了。她望着摆在台上的那一对她珍藏了多年的小泥人,微笑了一下,没有任何言语。

心灵感悟

真爱埋藏于心多年,真心一直默默挂念。即使已过多年,爱,依旧如初时相见般新鲜。

每天抱你出家门

妻说,是你将我抱进家门的,要离婚了,你再将我抱出这个家门吧。

与妻结婚的时候,我是将她抱过来的。那时我们住的是那种一家一户的平房,婚车在门前停下来的时候,一伙朋友撺纵着我,将她从车上抱下来,于是,在一片叫好声中,我抱起了她一直走到典礼的地方。那时的妻是丰盈而成熟的娇羞女孩,我是健壮快乐的新婚男人。

这是十年前的一幕。

以后的日子就像是流水一样过去,要孩子,下海,经商,婚姻中的熟视无睹渐渐出现在我们之间。钱一点点地往上涨,但感情却一点点地平下去,妻在一家行政机构做公务员,每天我们同时上班,也几乎同时下班,孩子在寄宿学校上学。

在别人看来,生活似乎是无懈可击的幸福。但越是这种平静的幸福,便越容易有突然变化的概率。

我有了她。当生活像水一样乏味而又无处不在,哪怕一种再简单的饮料,也会让人觉得是一种真正的享受,她就是露儿。

天气很好,我站在宽大的露台上,露儿伸了双臂,将我从后面紧紧抱住。我的心再一次被她的感情包围,几乎让我无法呼吸。这是我为露儿买的房子。

露儿对我说,像你这样的男人,是最吸引女孩子的眼球的。我忽然想起了妻,刚刚结婚的时候,她似乎说过一句,像你这样的男人,一旦成功之后,是最吸引女孩子的眼球的。想起妻的聪明,心里微微地打上了一个结,我清楚地意识到,自己对不起她,但却欲罢不能。

我推开露儿的手,说你自己看着买些家具吧,公司今天还有事。露儿分明地不高兴起来,毕竟今天说好了要带她去买家具的。关于离婚的那个可能,已经在我的心里愈来愈大起来,原本觉得是不太可能的事情,竟然渐渐地能在心里想象成可能。

只是,我不知道如何对妻子开口,因为我知道,开口了之后必然要伤害她的。

妻没有对不起我的地方,她依旧忙忙碌碌地在厨房里准备晚上的饭菜,我依旧打开电视,坐在那里,看新闻,饭菜很快上桌,吃饭,然后两个人在一起看电视或是一个人坐在电脑前发会儿呆。想象露儿的身体,成了我自娱的方式。

试着对妻说,如果我们离婚,你说会怎样?妻白了我一眼,没有说话,似乎这种生活离她很远。我无法想象,一旦我说出口时,妻的表现和想法。

妻去公司找我时,露儿刚从我办公室里出来。公司里的人的眼光是藏不住事情的,在几乎所有人都以同情的目光和那种掩饰的语言说话的时候,妻终于感觉出了什么。她依旧对着我的所有下属以自己的身份微笑着,但我却在她来不及躲闪的一瞬间,从她的眼神中读出了一种伤害。

露儿再次对我说,离婚吧,何宁,我们在一起。我点头,心里已经将这个念头扩到了非说不可的地步了。

妻端上最后一盘菜时,我按住了她的手,说我有件事要告诉你。

妻坐下来,静静地吃着饭,我想起了她眼神中的那种伤害,此刻分明地再一次显出来。突然间觉得自己有些不忍,但事到如今,却只能说下去。咱们离婚吧,我平静地说着不平静的事。

妻没有表现出那种很特别的情绪,淡淡地问我为什么。我笑说:不,我不是开玩笑,是真的离婚。妻的态度骤然变化起来,她恨恨地摔了筷子,对我大声说,你不是人!

夜里,我们谁也没理谁,妻在小声地哭,我知道她是想知道为什么。

但我却给不了她答案,因为我已经在露儿给我的感觉里无法自拔了。

我起草了协议给妻看,里面写明了将房子,车子,还有公司的三分之一股权分给她。写这些东西时,心里是一直怀了对妻的歉疚的,妻愤愤地接过,撕成碎片儿,不再理我。

我感觉自己的心竟然隐隐地有些疼起来,毕竟是一起生活了十年的爱人,所有的温柔都将在未来的一天变成陌路一般的眼神,心里也有些不忍,但话一出口,毕竟是来不及收回的。

妻终于在我面前放声大哭了,这是我一直以来想得到的,似乎是释放了什么东西一般,几个星期以来的压抑想法都随着妻的哭声而变得明朗而坚决起来。

陪客户喝酒,半醉的我回到家中时,妻正伏在那里写着什么。我躺在床上睡去,醒来的时候,发现妻依旧坐在那里。我翻个身,再沉沉地睡去。

终于闹到了非离不可的地步,妻却对我声明,她什么也不要我的,只是在离婚之前,要我答应她一个条件。妻的条件很简单,便是再给她一个月的时间,因为再过一个月,孩子就过完暑假了,她不想让孩子看到父母分开的场面,而且在这一个月里还要像以前那样生活。

我接过妻写的协议,她问我,何宁,你还记得我是怎么嫁过来的吗?

蓦地,关于新婚的那些记忆涌上来,我点头,说记得。妻说,是你将我抱进来的,但是我还有个条件,就是要离婚了,你再将我抱出这个家门吧。这一来一去,都是你做主好了,只是,我要求这一个月,每天上班,你都要将我抱出去,从卧室到大门。

我笑说,好。我想妻是在以这种形式来告别自己的婚姻或是还有对过去眷恋的缘故。

我将妻的要求告诉了露儿,露儿笑得有些轻佻,说再怎么还是离婚,搞这么多花样做什么。她似乎对妻很不屑,这或多或少让我心里不太舒服。

一个月为限,第一天,我们的动作都很呆板。因为一旦说明之后,我们已经有很久没有这么亲密接触过了,甚至连例行的每周两次的做爱时间也取消了,每天都像路人一样。儿子从身后拍着小手说,爸爸搂妈妈了,爸爸搂妈妈了,叫得我有些心酸。从卧室经客厅,出房门,到大门,十几米的路程,妻在我的怀抱里,轻轻地闭着眼睛,对我说,我们就从今天开始吧,别让孩子知道。我点头,刚刚落下去的心酸再一次地浮上来。我将妻放在大门外,她去等公交,我去开车上班。

第二天,我和妻的动作都随意了许多,她轻巧地靠在我的身上,我嗅到她清新的衣香,妻确实是老了,我已有多少日子没有这么近的看过她了,光润的皮肤上,有了细细的皱纹。我怎么没发现过妻有皱纹了呢,还是自己已是多久没有注意到自己这个熟悉到骨头里的女人了呢。

第三天,妻附在我的耳边对我说,院子里的花池拆了,要小心些,别跌倒了。

第四天,在卧室里抱起妻的时候,我有种错觉,我们依旧是十分亲密的爱人,她依旧是我的宝贝,我正在用心去抱她,而所有关于露儿的想象,都变得若有若无起来。

第五天,六天,妻每次都会在我耳边说一些小细节,衣服熨好了挂在哪里,做饭时要小心不要让油溅着,我点着头,心里的那种错觉也越来越强烈起来。

我没有告诉露儿这一切。

感觉到自己越来越不吃力了,似乎是锻炼的结果,我对妻说,现在抱你,不怎么吃力了。

妻在挑拣衣服,我在一边等着抱她出门。妻试了几件,都不太合适,自己叹了口气,坐在那里,说衣服都长肥了。我笑,但却只笑了一半,我蓦然间想起自己越来越不吃力了,不是我有力了,而是妻瘦了,因为她将所有的心事都压在心里。那一瞬间,心里紧紧地疼起来,我伸出手去,试图去抚妻的额角。

儿子进来了,爸爸,该抱妈妈出门了。他催促着我们,似乎这么些天来,看我抱妻出门,已经成了他的一个节目。妻拉过儿子,紧紧地抱住,我转过了脸不去看,怕自己将所有的不忍转成一个后悔的理由。从卧室出发,然后经客厅,屋门,走道,我抱着妻,她的手轻巧而自然地揽在我的脖子上。我紧紧地拥着她的身体,感觉像回到了那个新婚的日子,但妻越来越轻的身体,却常常让我忍不住想落泪。

最后一天,我抱起妻的时候,怔在那里不走。儿子上学去了,妻也怔怔地看着我说,其实,真想让你这样抱到老的。

我紧紧地抱了妻,对她说,其实,我们都没有意识到,生活中就是少了这种抱你出门的亲密。

停下车子的时候,我来不及锁上车门,我怕时间的延缓会再次打消念头。

我敲开门,露儿一脸的惺忪。我对她说,对不起露儿,我不离婚了。

真的不离了?

露儿不相信一般看着我,伸出手来,摸着我的头,说你没发烧呀。

我打开露儿的手,看着她,对她说,对不起露儿,我只有对你说对不起,我不离婚了,或许我和她以前,只是因为生活的平淡教会了我们熟视无睹,而并不是没有感情,我今天才明白。我将她抱进了家门,她给我生儿育女,就要将她抱到老,所以,只有对你说对不起。

露儿似乎才明白过来,愤怒地扇了我一耳光,关了门,大哭起来。我下楼,开车,去公司。

路过那家上班时必经的花店的时候,我给妻子订了一束她最喜欢的情人草,礼品店的小姐拿来卡片让我写祝语,我微笑着在上面写上:我要每天抱你出家门,一直到老。

心灵感悟

平日里不能因为生活的平淡而慢慢对爱熟视无睹,情有浓时,也有淡时,浓时相爱深切,淡时相濡以沫,浓浓深浅,相伴一生。

史蒂芬娜的选择

史蒂芬娜·帕得戈斯卡刚把妹妹海伦娜打发上床,就听到前门一阵敲响。她打了个寒噤。3年来,波兰东南部成了希特勒帝国的一部分。这是1942年,普热米什尔城到处都是盖世太保特务和正要开往苏联前线的士兵。美丽的金发女郎史蒂芬娜感觉得出,她和8岁的妹妹进进出出时,那些人的眼睛在她们身上扫来扫去。她的父亲战前就死了,母亲和哥哥被迫去德国当劳工。史蒂芬娜不得不在一家工厂当机器操作工,以维持自己和妹妹的生活。

敲门的是谁?是德国士兵要来"保护"她吗?心情沉重的史蒂芬娜把门开了一道缝,门口是一个粗壮的男人,满身伤痕和泥浆。他颓然靠在门框上,低声说道:"弗西娅,我需要帮助。"

弗西娅,好朋友才这么叫她。史蒂芬娜认出来这个人是27岁的犹太人约瑟夫·布兹明斯基。德国占领普热米什尔时,史蒂芬娜曾在他们家干过活。几个月前,纳粹把他们家赶到犹太人居住区,和城里两千多犹太人在一起。他的父母离开前曾请求史蒂芬娜留下来照看屋子,他们认为她是可以信赖的朋友。

史蒂芬娜把约瑟夫扶到椅子上坐下。他问道:"能让我在你这儿待一夜吗,弗西娅?我保证明天就走,我不想连累你。"

史蒂芬娜拼命抑制住袭上心头的恐惧。德国人的告示贴满了普热米什尔城,谁敢藏匿犹太人,格杀勿论。她想帮这个落难的人,但是她能拿自己甚至妹妹的生命冒险吗?

想起父母,特别是母亲的教诲,史蒂芬娜明白了自己该怎么做。因为母亲灌输给她的是强烈的宗教信仰和是非观念。史蒂芬娜还记得,孩提时,有一次几个孩子欺负一个犹太男孩,母亲制止了他们。她对史蒂芬娜说希望以后不再发生这种事。母亲说:"我们大家都是同一个上帝的孩子。"

这会儿,史蒂芬娜看看门那边的卧室,瞥见了圣母玛丽亚的画像。这幅画像是她9岁那年在集市上看到并央求母亲买下的。每晚她祷告时,这副安详的面容使她宁静而又充满力量。

"你不能拒绝!"一个声音在她脑海里响起。她抚摸着约瑟夫青肿的脸,对他说:"你当然可以留下!"

她泡茶的时候,约瑟夫讲述了事情的经过:纳粹扫荡了犹太人居住区,把他双亲和其他许多人装进闷罐车厢运到死亡集中营去了。他和他的一个弟弟被迫上了另一列火车。火车开动后,他用藏在口袋里的刀割断了封住车厢小窗口的带刺的铁丝网。他硬把粗壮的身体从窗口挤了出去,然后被一股可怕的力量重重地摔到地上。

他清醒过来后,跌跌撞撞地回到了普热米什尔,藏身在树林里。"只有你这儿我才能来。"约瑟夫边说边狼吞虎咽地嚼着史蒂芬娜摆上来的面包。

两星期后,约瑟夫决意离去。他潜回犹太区,找到了忍饥挨饿的小弟弟哈耐克及弟媳达娜塔,还找到了他们家的老朋友威廉·沙伦格博士和他的女儿朱迪,与他们在一起的还有他们的朋友——快 60 岁的牙医和他的儿子。这些人还待在这个危险的地方。

约瑟夫收买了一个印刷工人,伪造了一个可以在城里自由出入的身份证。在史蒂芬娜的帮助下,他偷偷地把食物送给那些人,但后来身份证丢了,他不得不打倒了一个阻止他的纳粹士兵。大胆的约瑟夫意识到这种花样不能再玩下去,于是他回到了史蒂芬娜家。

"弗西娅,你能把我们这些人藏起来吗? 没你的帮助,我们会死的。"

一时间,史蒂芬娜闹不清约瑟夫是不是疯了。战争可能会持续很多年。"有人来敲门,那么多人能躲在我床下吗?"她说。

"你得找个房子让我们藏起来。"约瑟夫说。

史蒂芬娜明白,如果藏起他们,她和妹妹可能会死,但是如果抛弃了他们,她无疑会在精神上死亡。她终于说道:"如果找到这样一个房子,我会去做的。"上哪去找呢? 她终于在塔特斯大街 3 号发现了一座带着两个房间、一个厨房和一个阁楼的屋子。和约瑟夫一起查看后,她把房子租了下来。清扫干净,挂上深色窗帘,外人看不见里面。

逃亡者们陆续来了,先是约瑟夫和牙医的儿子,然后是沙伦格博士和他的女儿,随后是牙医。

他们才安顿下来,就接到牙医的一个朋友的便条。那是个寡妇,还在犹太区,她想和儿子,女儿一起加入他们这一伙。她暗示说,如果被拒绝了,就去告发他们。史蒂芬娜很生气,但还是接纳了她。

牙医又恳求史蒂芬娜接纳他侄儿夫妻俩。他们还藏在一座废弃的楼里。接着,哈耐克和达娜塔也来了。

最后一个是犹太的邮递员。他听说了塔特斯卡街的这所房子。史蒂芬娜又同意了。一下子就有了这么多的犹太人住在这里。当普热米什尔犹太区剩余的犹太人被送往死亡集中营时,她意识到她做出了一个正确的决定。

约瑟夫用史蒂芬娜买来的木板在阁楼上做了一个假墙,在伪装好的门后有足够的空间让每个人睡觉。

史蒂芬娜带回的消息令人沮丧:"隔壁家就住着一个纳粹!"约瑟夫的工作都快干不下去了。

这伙人更加害怕,更加谨慎,不敢弄出一点声音。因为有人睡觉打鼾,约瑟夫就布置了夜间值班,谁打鼾就会被捅醒。

史蒂芬娜的朋友来访也是个问题。通常她很快就把他们打发走。但有个年轻人爱上了她,一待几乎就是一整夜。有一次牙医咳嗽发作,差点憋死。

"够了!"热情的追求者走后,约瑟夫说。他教史蒂芬娜买来一张英俊的德国军官的画像挂在墙上。晚上,她的追求者来了,问道:"那是谁?"

"我刚找的男朋友!"史蒂芬娜说。追求者走了,从此没在这条街上露面。

一个寒冷的早晨,牙医声称:"有人得了伤寒!"是那个寡妇,她发着高烧。他们尽量把她隔离,以免传染他人。

一天夜里,这个神志狂乱的女人竟尖叫着冲向月色蒙蒙的大街。史蒂芬娜拼命把她拉回屋里。她惊恐地意识到:如果被告密者看见,他们就死定了。

史蒂芬娜踉踉跄跄地奔进卧室,在圣母像前跪下,祷告:救救我们吧! 不是看在我的分上,而是看在海伦娜的分上。

她转身发现约瑟夫站在门口。他问:"得到回答了吗?"

"是的,"她平静而肯定地说道,"我们会好的,德国人不会来的。"

几个星期过去了,另一个灾难又降临了:逃亡者用来买食物的钱花完了。"用我们的手赚钱吧。"史蒂芬娜说。

从第二天开始,史蒂芬娜利用工厂午饭休息时间织毛衣,她用的是从家里旧毛衣上拆下来的线。一个工友很欣赏这件毛衣,问史蒂芬娜能不能也为她织一件,她可以用现金买。史蒂芬娜当然说:"可以。"

她很快安排织出了一打毛衣。在塔特斯卡街3号,这伙人夜以继日地工作。顾客们没有注意到史蒂芬娜怎么生产出那么多的织物。

1943年快过去了,史蒂芬娜听到传闻:德国人在战争中失利,开始撤退。但约瑟夫提醒大家不要高兴得太早,"德国人还在这儿,失败会使他们变本加厉。"

一天,史蒂芬娜下班时,听到警笛尖啸。纳粹军队包围了一所房子,拉出了几个恐惧万分的犹太人和藏匿他们的波兰人,他们被推到墙边。"放!"纳粹军官一声令下,枪弹穿透了受害者。

史蒂芬娜注视着血淋淋的尸体,头晕目眩。一连几个星期,她都无法入睡。一天夜里,她步履艰难地走回家里,寻思着自己到底还能支撑多久。

她一进门,见约瑟夫和其他人正在和海伦娜玩捉迷藏。孩子追逐着,眼睛发着光,快活地大叫:"我逮着你了!"

"这些人都是我的朋友,"史蒂芬娜心里默默地说,"我不能抛弃他们。"

几个月过去了,春风送暖,春雨飘洒在普热米什尔。窗口的守望者发出警报:"纳粹往这来了!"逃亡者们连忙爬上阁楼。

史蒂芬娜开了门。一个军官简短地命令道,她必须在两小时内搬走。部队在街对面设了一家医院,要她腾出房子给护士住。

他走后,史蒂芬娜和约瑟夫商量对策。约瑟夫说:"你和海伦娜得马上离开,到乡下去躲一躲。"

"那你们怎么办?".

"决一死战!"他回答。

"我们行动之前,我要祷告,寻求帮助。"

"让我们都来祷告吧!"约瑟夫提议。打从火车上跳下来后,他越来越强烈地感觉到上帝在保佑着他。

大家随史蒂芬娜进入卧室,开始了祷告。

史蒂芬娜凝神静气。很久以前,在捷斯托乔瓦的神殿里,圣母许诺保护波兰人免受敌人蹂躏,现在史蒂芬娜请求圣母在历史性的许诺中把她的犹太人也包括进去。

好像有一个温柔的声音在告诉她:"不用走,没什么可怕的。送你的人上楼,打开窗户,就像你要留下的样子开始打扫,边干活边唱歌。"

史蒂芬娜平静地对约瑟夫说,带大伙上楼去。"我不离开你们。一切会好起来的。"然后,她和海伦娜打开窗,着手进行春季大扫除。

纳粹军官很快又回来了。他说:"你不用走了。我们只要一个房间,给两个护士住。"

他们得救了。他们得救了吗?他们难道能和两个德国人同住一屋?约瑟夫让史蒂芬娜相信:"我保证她们来时,大伙不出声。"他答应毫不懈怠地保持警戒。一星期后,护士搬了进来。她们白天大都待在医院,但到晚上,常常把德国士兵带回来,在卧室里热热闹闹地聚会。

恐惧和不安攫住了逃亡者。一天下午,两个护士回来得很早,跟着来的是两个带枪的士兵。四人低声谈论着,突然,一个护士爬上了通往阁楼的梯子!

躲在假墙后的约瑟夫听到脚步声,发出了信号,每个人都仿佛冻住了。他透过小孔,看见楼梯顶端冒出了一个金发脑袋。护士皱着眉打量了一下。不一会儿,四个德国人离开了屋子。大家又经历了一次性命攸关的考验。

又过了几天,新的麻烦又来了。德方管理人宣布,工厂准备拆散,迁往德国。史蒂芬娜没有了薪水。

大家只好拼命地编织,一件毛衣挣来的钱仅够他们吃三天的,市场的毛线供应也没保障,他们成日在饥饿中挨过。

一天,护士们气急败坏地从医院中回来,白肤金发的那位向史蒂芬娜喊道:"我们要回德国了。你得和我们一起走,病房需要一个佣人!"

灾难接踵而至。约瑟夫害怕史蒂芬娜要是不走,德国人什么都干得出来。他再次提出拼死一战。史蒂芬娜摇了摇头。

她收拾行李,给海伦娜穿上最好的衣服,满心欢喜地告诉护士她多么盼着离开这儿。车开来了,护士们爬了上去,司机按着喇叭催促史蒂芬娜。但她磨磨蹭蹭,突然叫道:"我改变主意了,我不走了!"

护士们大声威胁着,但是等得不耐烦的司机把车开走了。史蒂芬娜笑了,她回到屋里,伸出双臂拥抱约瑟夫。"如果她们硬要我走,我会揍她们。"她说。

一天早晨,望风的约瑟夫大叫:"德国人要走了!"

三个曾是不可一世的德国军士兵耷拉着脑袋灰溜溜地走过塔特斯卡大街,这是逃亡者最后看到的纳粹形象。

逃亡者终于确认自己安全了。他们冲下阁楼,涌上了大街。约瑟夫又笑又叫:"德国佬滚蛋了!"

塔特斯卡街3号的居民们互相拥抱,每张脸上都挂着愉快的笑容。约瑟夫紧紧地拥抱了海伦娜,然后久久地拥抱着她的英雄姐姐。

1945年战争结束后的几个月,约瑟夫向史蒂芬娜求婚。史蒂芬娜逗他说:"你说只待一个晚上,现在你想待一辈子?"

1961年夫妇俩移居美国,约瑟夫在波士顿郊区的牙科诊所工作。他们生了一儿一女。海伦娜也结婚了,她当了医生,在波兰洛克劳行医。

去年,史蒂芬娜和约瑟夫参加了美国华盛顿的"浩劫纪念馆"落成仪式。参加这一仪式的有以色列、波兰、美国还有其他一些国家的首脑。纪念馆提醒人们:在最邪恶的时期,人们能忍受痛苦,也可能行善。

经历生死考验的爱,才是最坚固,最伟大的爱情。

后　记

　　本书汇集了大量经典的、精彩的故事,是编者为读者精心奉上的"精神大餐",也是为大家能够走好人生之路而准备的方向指南,是值得一看的智慧宝典。

　　需要指出的是,本书在编辑整理过程中,由于入选文章来源广,有些作者的地址不详,编者无法取得联系,希望作者及相关人士给予谅解,并在此致以衷心的感谢。本书编委会已委托中华版权公司代理版权事宜,凡认定自己是本书所入选文章的作者,敬请发邮件至 yosir@163.com,与我们取得联系,只要情况属实,我们将按照国家有关规定支付稿酬并赠送样书。

编者